U0929371

一叶秋

张大春 著

九州出版社
JIUZHOUPRESS

小说与诗的不期然而然

《一叶秋》简体版序

小说在何处发生?

可别再为小说下定义了，我想说的只是：在什么情境之下，小说吸引我们的那种神采，忽然之间就出现了呢?

小说在何处发生?答案言人人殊，我的只有一句话：不期然而然。小说在不期然而然处发生。

比方说：我们当然不会以为《琵琶行》是小说，当然也就不会以为这首长诗运用了小说之笔而构成；然而，是这样的吗?我们就从这里说起。

就在写作《一叶秋》的那年夏天，我大量阅读历代笔记小说材料。目的倒不是为了《一叶秋》的写作，而是要寻找和古典诗歌可以相互发明印证的掌故。其中自然也包括每一代身为后世读者的老古人对于前贤作品的垦掘所归纳出来的吉光片羽，往往言简意赅，发人深省。其中有一则记载，带给我极大的、读小说甚至写小说的兴味。

南宋初年的洪迈(1123—1202)是《容斋随笔》的作者，《四库提要》称道这一部随笔："南宋说部当以此为首。"洪迈另外还著有文言小说《夷坚志》四百二十卷，为宋代志怪小说之大成。而《随笔》中有关诗歌的内容，后人曾辑为《容斋诗话》。

《容斋诗话·卷三》有如下两则记载，我们先看稍晚的一则：

白乐天《琵琶行》一篇，读者但羡其风致，敬其词章，至形于乐府，咏歌之不足，遂以谓真为长安故倡所作，予窃疑之。唐之法网，虽于此为宽，然乐天尝居禁密，且谪官未久，必不肯乘夜入独处妇人船中，相从饮酒，至于极弹丝之乐，中夕方去。岂不虞商人者他日议其后乎？乐天之意，直欲摅写天涯沦落之恨耳。

洪迈的疑虑看似拘縶于风教，论者或疑其不免泥于宋人之迂阔。然而他的立论是有道理的。即使从一个已经作嫁的倡女的角度言之，于丈夫出门经商的时候，调拨宫商，登舟售艺，果若不为生计，难道是为了挑情？设使转轴拨弦的目的自为风月而已，则江州司马又如何能以天涯沦落之语相劝而自宽呢？幸而，洪迈还有另外一则笔记。

《容斋诗话·卷三》的另一则早先写作的笔记是这样的：

白乐天《琵琶行》盖在浔阳江上为商人妇所作，而商乃买茶于浮梁，妇对客奏曲，乐天移船夜登其舟，与饮，了无所忌，岂非以其长安故倡女，不以为嫌耶？集中又有一篇，题云《夜闻歌者》，时自京城谪浔阳，宿于鄂州，又在《琵琶》之前。

这一段话并非无的放矢。试想：一个被贬官未几而名望极高的诗人与茶商之妻夜会以肴酌灯乐，纵饮倾谈，难道丝毫没有顾忌吗？然而提出此问之后，洪迈忽然掉开一笔，另从支线展开情节——这正是写小说“离题”（digression）的手段——你会像追问故事里的主人翁“原来去了哪儿呢？”一般地追问：那《夜闻歌者》又复如何？

其词曰：“夜泊鹦鹉洲，秋江月澄澈。邻船有歌者，发调堪愁绝。歌罢继以泣，泣声通复咽。寻声见其人，有妇颜如雪。独倚帆樯立，娉婷十七八。夜泪似真珠，双双堕明月。借问谁家妇，歌泣何凄切。一问一沾襟，低眉终不说。”陈鸿《长恨传》序云：“乐天深于诗、多于情者也，故所遇必寄之吟咏，非有意于渔色。”然鄂州所见，亦一女子独处，夫不在焉，瓜田李下之疑，唐人不讥也。今诗人罕谈此章，聊复表出。

较诸《琵琶行》，《夜闻歌者》这首小诗显得十分单薄、轻盈；且一旦有了《琵琶行》这样一首声势磅礴、气格崔巍之作，《夜闻歌者》反而显得简陋而多余了。在这里，容我们先检视一下《琵琶行》诗前原序对于此作的“本事”说明：

元和十年，予左迁九江郡司马。明年秋，送客湓浦口。闻舟船中夜弹琵琶者，听其音，铮铮然，有京都声。问其人，本长安倡女，尝学琵琶于穆、曹二善才。年长色衰，委身为贾人妇。遂命酒，使快弹数曲。曲罢悯然，自叙少小时欢乐事；今漂沦憔悴，转徙于江湖间。予出官二年，恬然自安，感斯人言，是夕始觉有迁谪意。因为长句，歌以赠之，凡六百一十六言，命曰：《琵琶行》。

依照洪迈的推断：《夜闻歌者》本事发生在前，以白居易“深于诗、多于情”且有感即发的书写习惯来看，此诗应该早在《琵琶行》的本事发生之前就写了。令人不解的是，老天独厚此诗人，在短小、轻盈的《夜闻歌者》之后，多么凑巧地又让白居易在湓浦口遇见另一个琵琶女？

两相比照之下，洪迈对于白居易人品的怀疑（以至多余的捍卫）反而有了合理的解释——关于这一点，稍后再论。让我们先检视一下诗人两度惊艳的现场。

元和十年，白居易左迁九江郡司马，第二年秋天，他却以贬官待罪之身，不避瓜田李下之嫌，夜会商贾之妇，登舟张宴，谐曲谈心，共伤沦落之情。这会不会是深于诗而多于情的人过度浪漫地引申出来的呢？我们甚至可以合理地假设：白居易最初在鄂州的确遇见了一位“独倚帆樯立，娉婷十七八。夜泪似真珠，双双堕明月”的姑娘，而双方的交际也仅止于“借问谁家妇，歌泣何凄切。一问一沾襟，低眉终不说”。

这个谜一样的遭遇不容易再得，也不应该于再得之时发展成进一步的接触和窥探。试想：设若白居易早在鄂州的时候已经撞见那样一个身世如谜的神秘女子，因之而怀抱着始终未能一究其人生涯情实的遗憾。那么，假设元和十一年的秋天，在湓浦口，他又偏偏如此凑巧地遇见了第二个女子（姑且不论其间几率若何），带着对于前一个少女的好奇，移舟邀见第二个“犹抱琵琶半遮面”的倡女，这哪里是什么“同是天涯沦落人”呢？分明就是“俯拾真多沦落人”了。

真正合情合理的解释反而是：白居易在鄂州有过一回未究其竟的邂逅，并且写了一首仄韵五古的小诗，之后诗人始终怀抱着无边的好奇、想象、猜测和遗憾，对于那转瞬而逝的无言际遇，他逐渐有了更多属于自己的补充，也逐渐筑成了不断扩充的回忆。

那湓浦口的琵琶女，是白居易对于鄂州少女的一个摹想、一个发明、一个补充。《琵琶行》这作品则是一部长达八十八句、六百一十六个字的七言古诗，它所叙述的琵琶女的身世、经历、情感以及她与江州司马之间那种若有似无的情愫，通通都出于虚构；这首诗，根本是一部歌行体的小说。

除了白居易和他的《琵琶行》，我们还有贺铸，还有贺铸的《青玉案》；在另一个维度的衡量之下，这一阕词未尝不可以带来小说情节一般的想象：

凌波不过横塘路，但目送、芳尘去。锦瑟年华谁与度？月桥花院，琐窗朱户，只有春知处。　飞云冉冉蘅皋暮，彩笔新题断肠句。试问闲愁都几许？一川烟草，满城风絮，梅子黄时雨。

关于贺铸这一阕极知名的词作，先让我们看一眼一般常见的、望文生义的“赏析”是怎么说的，老实说，我认为这些赏析距离谵妄（delirium）——就是胡说八道——不多远：

“这一阕《青玉案》是他的代表作，从这阕短词，可以管窥贺铸的人生与他的文采的一角。因为他的诗人气质与他的贵族生活环境的格格不入，他的官场生活又阻隔他的交游，因此他的生活是隐郁岑寂的。这阕词的上半阕，六个句子描绘的正是这种没有生活压迫的寂寞。开头描绘他家的人迹罕至，用的是曹植《洛神赋》的典故，凌波仙子比喻宓妃，诗人神往的美文中的美人，虽不能到诗人所居住的‘横塘路’，但在诗人的想象与盼望中，隐约曾经目送伊人离去。诗人坦然面对他的孤寂，所以他自问：与谁共度华年、一起聆赏音乐？答案是：月照小桥、满庭花开、红色豪门锦窗。这岑寂的富贵之家，无人造访，只有‘春’为伴侣，以‘春知处’

三字描写，美极而传神。

“下阕句句抒情，首先承接上阕末句的春天时分，更点出时间在日暮之时。‘蘅皋’二字仍然取自《洛神赋》，形容的是暮气四合时传来的香气。第二句交代的是诗人此时，百无聊赖，题诗填词以为排遣，而写出来的却是句句断肠。既已说出‘断肠’二字，心中的孤寂与忧愁，已经是排山倒海而来。诗人思索如何形容这许多愁？这末三句千古绝唱就在这种心情下，激荡了诗人的才华，造就了美句绝词。先比喻如‘江上弥漫不散的烟霭’，再扩大为满城满街纷飞的花絮，最后一个形容句是五月梅子成熟时的‘绵绵不绝的梅雨’。江上烟雾或有散尽之时，满城花絮可是铺天盖地了，而至于梅雨，人人都理解个中滋味，那更是绵绵不绝，不知何时停止了。”

以上所引，坊间网上殆不鲜见，完全是凭借浮光掠影的生造印象所堆砌出来的空话了。

不过，如果我们进入贺铸原词所使用的典故去摸索，就会得到一个有着充分情感的故事——这个故事，被原作者和他所调遣前往、周旋于迷情词句之间的前人名作，以一种“欲说还休”、“穿插藏闪”的小说笔法，既埋藏起来，也指点出来。

依据龚明之（1091—1182）《中吴纪闻》所载：

贺铸，字方回，本山阴人，徙姑苏之醋坊桥。方回尝游定力寺，访僧不遇，因题一绝云："破冰泉脉漱篱根，坏衲犹疑挂树猿。蜡屐旧痕浑不见，东风先为我开门。"王荆公极爱之，自此声价愈重。有小筑，在盘门之南十余里，地名横塘。方回往来其间，尝作《青玉案》词云："……（略）后山谷有诗云：'解道江南断肠句，只今唯有贺方回。'其为前辈推重如此。"

这是关于贺铸这一阕词最早也最质朴的背景介绍。从这一则记载来看，"横塘"不是一个泛称，而是贺铸别筑的一个居所。许多解析《青玉案》的评者先入为主且并无所据地以为作者是在路上看见了一名绝色女子，因而生比兴之意、寄托之思，追摹其枨触怅惘，却不能曲尽其事，这多是未能从文本之内看穿贺铸的小筑是否有实际的作用。

可是《青玉案》的第一句就明白地说了：有一个女子，即使是像洛神一样美丽的仙子，也没有办法度越横塘。这就说明了为什么作者只能“目送芳尘”。至于之所以用“锦瑟年华”描述这名女子，也不是无端形容一个青春正好的姑娘的虚词。这得先绕到李商隐的《锦瑟》诗去看。

《锦瑟》是李商隐怅惘偷情、怀念他的小姨子的一首诗，泄露谜底的是关键句是“望帝春心托杜鹃”。而望帝的故事是这样的：

远古时代的蜀国，有一个叫杜宇的男子，从天而来，成为蜀王，号望帝。望帝教耕稼，循农时，抚民如子，受到完全的拥戴。彼时蜀国时有水患。望帝治水而无功。某岁，河中逆流漂来一具男尸，好事者一旦打捞上岸，尸体却复活了，自称是楚人，名叫鳖灵，因失足落水，漂流至此。望帝与鳖灵一见如故，十分投契，于是任命鳖灵为蜀相。

鳖灵的确才干过人，他打通了巫山，治理洪水，疏水入长江，使水患彻底解除。望帝因此将王位禅让给鳖灵。受禅之后，鳖灵号开明帝，又称丛帝。而望帝死后，化成杜鹃。由于仍然挂念民生，每到清明、谷雨、立夏、小满诸节候，即飞到田间鸣叫提醒：播种、插秧等耕稼之务。因此杜宇、杜鹃又名知耕鸟、知更鸟、催工鸟。

但是，“杜鹃泣血”一语，则另有来历，应是根据这一段民族故事而敷衍出来的，与公共事务无关，恐怕才是李商隐欲语还休、寖成千载诗谜的底细：

鳖灵治水期间，望帝和鳖灵之妻私通。鳖灵治水竣工而返，望帝深惭所为，隐居于深山，遂死于彼，魂魄化为杜鹃。另一个说法是：鳖灵治水无功，望帝仍以国柄授之，自隐于西山。鳖灵则借此占有望帝之妻。望帝虽痛心而无奈，唯悲泣而已，临死时，望帝嘱告西山杜鹃：托之以抗鸣。杜鹃遂飞入蜀，日夜哀啼，直至于泣血。

另外，李商隐的《牡丹》诗如此："锦帏初卷卫夫人，绣被犹堆越鄂君。垂手乱翻雕玉佩，折腰争舞郁金裙。石家蜡烛何曾剪，荀令香炉可待熏？我是梦中传彩笔，欲书花片寄朝云。"这里的朝云，典出宋玉《高唐赋》；实际上说的就是李商隐那爱才深切而自荐枕席的小姨子。

李商隐另有五首《无题》诗——分别是"相见时难"、"来是空言"、"凤尾香罗"、"重帷深下"以及"飒飒东风"等，早经历史小说家高阳解出，"足可证明此'朝云'为'崇让宅'中的妻妹。"（见《高阳说诗》之《〈锦瑟〉详解》）这个秘密不能说，因为妻妹已经别嫁名门，过着幸福快乐的生活。所以李商隐宁可背负着谣传说他诗中透露的是"私通令狐绹姬妾”、“儇薄无行”的恶名。

但是身为诗人，出之以诗，势必有不可不说的内在动力。看来贺铸也是如此。“锦瑟华年谁与度”就是暗示着让人从“锦瑟无端五十弦”的句子发想。词中这个不能度越横塘的女子非但年华与李商隐“小姑居处本无郎”中的少女接近，恐怕其真正的身份也正是一个不能公开的侧室。

所以，尽管居住的地方精致雅洁，“月桥花院（一本作‘月台花榭’），琐窗朱户”却“只有春知处”。唯有春能知其所处的意思必须反过来看：一方面是指“月桥花院，琐窗朱户”之地有年如华，芳菲锦簇，恰是春意无边；另一方面，也同时透过“只有春知处”一语反说：“人竟不知处”——人们并不知道有这么一个女子存在。

过片之后，第一个句子仍然回到上片“凌波”句的出处：《洛神赋》。两度汲语于《洛神赋》。旧说：曹植曾经求婚于甄逸女，不遂，为曹丕所得，后甄妃（名宓）受谗而死。曹植晚年作此赋实有感于甄妃，而竟题其名曰《感甄赋》，后因魏明帝为亲讳所改。之后李商隐“宓妃留枕魏王才”即用此故事。这一段奇情，已经为胡克家《文选考异》考定非史实，但是诗文家用事，原本不计源流，纵使积非胜是，其真切知情亦颇在牝牡骊黄之外者。

《洛神赋》当然是受了宋玉《神女赋》的影响，熔钧神话，陶冶幻想，将男人与女神的恋爱，赋予了鲜明的意象和丰富的细节。在一阕词中，前后两度——上片用“凌波微步，罗袜生尘”，下片用“尔乃税驾乎蘅皋”——且皆在上下片的开篇处（也就是同一句位上）附会于同一部的作品，并不常见；如此非有独特的用意不可，而不能径以遣字修辞之必要性加以解释。这里的用意，显然是要让读者不只黏着于字句产生的意象，还要透过原典的情感体贴此词作者的处境。在这里，我们便可以把李商隐的忏情（周旋于一双姐妹）和曹植的伤感（隔别于自己的兄长）联络起来，揣想贺铸是否有相似的故事。

“凌波”、“蘅皋”还不是仅有的线索。另一个证据来自“彩笔”。前文曾引李商隐《牡丹》诗，尾联有“我是梦中传彩笔，欲书花片寄朝云”之句。“彩笔”不是一个罕见的典故。《南史·江淹传》：“尝宿于冶亭，梦一丈夫自称郭璞，谓淹曰：‘吾有笔在卿处多年，可以见还。’淹乃探怀中得五色笔一以授之。尔后为诗绝无美句，时人谓之才尽。”

诗人藏运故实，当然可以直取原典，但是通过曾经运用此典的作者所累积的诗句，一样能够敷蕴其意旨，厚叠其韵色，玩读之下，兴寄乃愈益遥深。所以，贺铸在“彩笔新题断肠句”这个句子上，非徒直用江郎才尽故事，甚至也转用了李商隐的“我是梦中传彩笔，欲书花片寄朝云”。

我们的确可以怀疑，本来老杜也有“雕章五彩笔如椽，梅花满枝空断肠”这样的句子，难道说贺铸的“彩笔新题断肠句”也要通过老杜来印证寄托吗？当然不是。毕竟在《青玉案》的前文铺垫之中，贺铸唤起读者发幽兴之端者是李商隐。呼应于“锦瑟年华”，读者不但能看出贺铸借由李商隐印证了他无可奈何的情愫，也发现另一个枨触万端的痕迹——贺铸已经想要终结这样的感情或往来了；因为彩笔原典所意味的是“停笔”——他不会再写出“断肠句”，或是不能再写出“断肠句”了！

换言之，这一阕新题的《青玉案》竟是绝笔。用现代人的大白话说，就是明白晓喻：“这是我所写给你的最后一首忏情之作了！”

《青玉案》之所以千古流传，有很大的一个原因是此词下片收煞处的神来之笔，曾经为许多诗人、评家热烈讨论：“试问闲愁都几许？一川烟草，满城风絮，梅子黄时雨。”

举例来说：周紫芝《竹坡诗话》：“贺方回尝作《青玉案》，有‘梅子黄时雨’之句，人皆服其工，士大夫谓之‘贺梅子’。”

此外，最著其称者则是罗大经《鹤林玉露·卷七》：

诗家有以山喻愁者，杜少陵云：“忧端如山来，澒洞不可掇。”赵嘏云：“夕阳楼上山重叠，未抵闲愁一倍多。”是也。有以水喻愁者，李颀云：“请量东海水，看取浅深愁。”李后主云：“问君能有几多愁？恰似一江春水向东流。”秦少游云：“落红万点愁如海。”是也。贺方回：“试问闲愁都几许？一川烟草，满城风絮，梅子黄时雨。”盖三者比愁之多也，尤为新奇。兼兴中有比，意味更长。

还有许多人着意于“梅子黄时雨”的来历。宋朝孙宗鉴所著的《东皋杂录》里有这么样的一段话：“江南自初春至初夏，有二十四风信，梅花风最先，楝花风最后。唐人诗有‘楝花开后风光好，梅子黄时雨意浓’，晏元献有‘二十四番花信风’之句。”此时，已经出现了“梅子黄时雨”的句子。

另有《潘子真诗话》。作者潘淳，新建（今属江西）人。

少颖异，好学不倦，师事黄庭坚。《潘子真诗话》是这么说的："世推方回所作'梅子黄时雨'为绝唱，盖用寇莱公语也。寇诗云：'杜鹃啼处血成花，梅子黄时雨如雾'。"

又见"杜鹃啼血"！

写下"梅子黄时雨"时，贺铸未必已经读到孙宗鉴所例举的"楝花开后风光好，梅子黄时雨意浓"。但是，当时寇准早已经是天下知名的政治家和文学家了。他的句子非但贺铸不可能不知，恐怕贺铸也理解：这寇莱公的句子一定也早已为天下士人所共知。这是另一种"天知、地知、你知、我知"的默契。作者非但不忧虑被人指责抄袭，反而刻意借用、翻用、转用，宋人之积习如此（王安石就是此道最著名的高手）。

请重读一次这两个句子："杜鹃啼处血成花，梅子黄时雨如雾。"——"梅子黄时雨如雾"恰恰就是"杜鹃啼处血如花"的隐语；贺铸之所以在落句处套用寇准现成的句子，显然是再一次回到李商隐的忏情境遇，他已经下定决心结束一段关系，从此不会再踏上往来横塘的道途，这是不能直说，却也不能不说的秘密。

诗人以轻描淡写、不着一言于情迹的收敛之语，但摹眼前即景，从"一川烟草"到"满城风絮"，却在最后一句上暗藏了现代小说结束一般惯用的“发现”，一个顿悟，epiphany！原来“贺梅子”的酸楚尽在于此：他的梅子里隐隐然饱含着一片追悔。我们甚至可以这样说：贺铸经由李商隐而透露了自己的秘密情事。他在春天接近尾声的时节，抛弃了一个女子，他却只能向古老且美好的诗句里躲藏，让残忍的绝情掩映于前人的惆怅与清狂之间。

小说的趣味也许并不完全包裹在长着小说外壳的文类之中。一首诗、一阕词，几番琢磨、几层推敲，若是能将那些散落在历史幽暗的回廊之中全无声息影响的细节作串珠收拾，身为读者的我们便能体会小说的种种发现、巧合、伏笔、呼应、结构……俱在对于一首诗或一阕词宛转曲折的探索之中。

《一叶秋》包括了十二个互相无涉的短篇故事，但是却用另一个完整（但是切分成十一段）的故事串连起来，我不太知道会不会有读者注意这样的“组装”，我也不太能解释：为什么选择了这样一个叙事程序。不过，我猜想安排，很可能与我多年前的另一部小说有关：《没人写信给上校》。

这是一部看似以真实新闻事件为背景、题材而写的小说，由于本是涉及军队采购内幕，涉案诸方势力随时都在本来已经云山雾罩、难以厘清的案情侦办过程之中不断释放出各种匪夷所思的剧情，其目的不言可喻：是要让案子陷入更深沉、更紊乱的迷障里失却面目。于是我便刻意采取一种以大量随文附注的方式，穿插叙事；换个方式追问：不时出现的注解究竟是更仔细地剖析了一宗谋杀及贪腐舞弊的案件？还是更琐碎而全面地干扰了讨还公义、追查真相的进展？这种从形式上给予小说内容的支援性诠释究竟有没有必要？有没有效果？以及构成审美条件与否？老实说：我从来没有过笃定的答案；我甚至不知道该不该有什么答案。

然而，在写《一叶秋》的时候，我又想到了这样一个游戏：如果穿插于十二篇不相干的短篇故事之间的“榫头”其实是一篇首尾俱全（而只是切分成十一段）的小说，读者会意识到吗？会让一部小说集子更致密吗？会引发读者对故事与故事之间更丰富的联想吗？还有还有——

读着这两套文本之际，读者会满溢着对古诗词的好奇、不时游心于单一字句或情节内在掌故、暗语、歧义、隐喻、象征……的疑惑与好奇吗？那么，十一段“榫头”会打断十二篇“正文”的阅读趣味吗？还是原本应该一气呵成的“榫头”已经被十二篇正文打断了呢？“内文互相干扰”这件事会不会广泛地浮现在《一叶秋》这本书的阅读经验之中呢？还是人们并不会像读一首古老生僻的诗歌那样，时时回味字里行间穿插藏闪的种种意象呢？于我而言，无论何者，这交织，就是诗。

诗在何处发生？答案言人人殊，我的也只有一句话：不期然而然。诗也在不期然而然处发生。请容我引用《一叶秋》书中的最后一则故事作为例证，那侏儒父亲鞭打儿子的情景，从来就给我一种诗意的撞击：

我的母亲很少会跟人说一个完整的故事，更不消说什么带有教训的故事了。姑姑也是一样。前后相隔四十多年，她们二位曾经不约而同地跟我说过一个连“段子”都谈不上的情节，而且内容一样没头没尾，却令我印象极为深刻。

说：“剪子巷那徐矮子还没张板凳高，每回打儿子都得站在桌面上打；他那些儿子倒也没一个矮的，可挨起打来都情着，一步不肯退。”

“情着”，在我家乡话里就是“受着”。我初听这情节的时候大约也没张板凳高，再听时我的儿子已经比桌面还高了。第二次说的人是我姑姑，居然连字句都与我母亲四十多年前所说的大致仿佛。徐矮子是谁？他的儿子们又如何了？徐矮子为什么打儿子？打出什么结果了吗？……通通没有交代。

可是，凭一叶而知秋，就是有这么点儿意思。

虽说叶归叶、秋归秋，但是，言在此而意在彼；不正是所谓的“卮言日出，和以天倪”吗？我们惯常说：诗与小说各归其类，之间分际如何又如何。实则它们的诸多本质，不也是可以融通如一、并无差别吗？

目次

壹·吴大刀

人称吴大刀，
实无大刀也。

中国古史对于西藏民族——吐蕃——的起源有两个基本的看法，一说是属于西羌种；一说是东晋末年南凉国主（鲜卑人）秃发利鹿孤的后代。

但是在西藏人自己的民族观看来，他们是观世音菩萨和一个女魔所生的六个子女的后代，而王室则是印度阿育王的后裔。西藏的第一个王叫仰赐赞普，差不多与汉文帝同时，下衍三十一代，到松赞干布（汉史称之为“弃宗弄赞”）首度与汉文化交锋，络绎于途，往来不绝。彼时国都叫逻些城，就是今天的拉萨。

史料记载也许不一定准确，但是神奇之事未尝不可能发生，松赞干布大约活了近百岁——从陈宣帝初年到唐高宗即位（公元 560 年到 650 年左右），而在唐太宗贞观八年（公元 634 年），松赞干布开始向中土朝贡，接着就是求婚。唐室拒绝了这个请求，而吐蕃方面则认为这是吐谷浑（音读吐浴浑）

从中破坏，因而对吐谷浑发动了侵略战争。一直到贞观十二年（公元 638 年），侯君集督师，大败吐蕃于松州（今四川省松潘县）城下，松赞干布谢罪，还是请婚，这一回唐室居然答应了，乃有文成公主遣嫁之事。

可是一旦松赞干布谢世，两造关系随即逐渐恶化，到高宗咸亨元年（公元 670 年）更有薛仁贵讨伐之役。薛仁贵这一次在大非川铩羽溃师，士卒几乎尽数为吐蕃兵歼灭，吐谷浑也算是亡了，国境尽沦于吐蕃，而党项诸羌族可以说完全为吐蕃所兼并。

回头再看唐室于吐蕃坐大之后的局面：

唐代宗（公元 762 年到 779 年）时藩镇世袭：广德元年（763 年），时在安史之乱平定之后，代宗封安、史降将为节度使，仍驻守原地，遂启藩镇割据之端。时以李宝臣为成德节度使，治于恒州（今河北正定）；以李怀仙为卢龙节度使，治幽州（今北京西南）；以田承嗣为魏博节度使，治所在魏州（今河北大名东北）。成德、卢龙、魏博号称“河北三镇”，“河北三镇”和山东的淄青（治所在青州，今山东益都）、河南的淮西等节度使，在诸藩镇中最为跋扈，“治城邑甲兵，自署文武将吏，私贡赋，天子不能制”。代宗末年，田承嗣死，由其侄田悦继任魏博节度使，乃开藩镇世袭之恶例。从此，割据一方的节度使擅甲兵、专刑赏，父死子袭，官爵自封，户籍不报中央，赋税不入朝廷，俨然是国中之国。

在藩镇和吐蕃之间，出了这么一个故事。

卢龙节度使李怀仙治幽州时，与地方耆老交际，原先不过故示亲民、虚应故事而已，未料因此而迷上了星学五术，日夜推算穷通夭寿之理。累积了越多的观察和分析，就算得越发精准，有百不爽一之称，老百姓背地里不叫他节度使，都叫李仙，他也不以为忤，甚至还沾沾自喜、津津乐道。

李怀仙有一个老生女，生得既美且慧，李怀仙为她推了不知多少次命，结果都是“当封夫人”。既然当封夫人，自然得嫁一个公侯，是以寻常人家来请婚的，李怀仙都不理会，女儿过了十六岁，就算是老大不小的姑娘了，仍旧待字闺中。

有那么一个叫吴杳言的浮浪子，原本出身世家，后来沦落了，虽说还有些家产，可他是个爱俚戏、好热闹的，有时贪玩，便同串演参军戏的溷迹打闹，要不，宁可随着一些走江湖、弄手艺的匠人，扎扎纸人纸马，糊糊糨灯糨莲，甚至随着卖歌鬻声的伎者说说唱唱，也很有模样；甚至还因之学上了几手花拳绣腿。

可这人又懒、又猾、又好挥霍，早就打听得李怀仙要将女儿嫁一个富贵无匹之婿，这儇巧无行的小子却想：我这份家业也给我败得差不多了，要是不能找一个出身，后半生能有什么依靠？倘若能娶得一个夫人，我命里不就稳坐王侯了么？

于是吴杏言将最后的一点儿家产全数荡尽，一掷数百金，找了早些时指引李怀仙走上李仙之路的一个耆老，向他买了一张可以豪富大贵、位冠群公的命帖，书之于红笺之上。待得某日节度使出巡，竟然故意冲撞卤簿。

这是相当严重的罪行，李怀仙又是个褊狭不能忍忿的个性，登时呵斥随行虞侯将犯驾之人押到面前来，厉声怒骂了一通，当然免不了要问一声：“说得个冲撞卤簿的缘故还则罢了；说不得便打下狱中，重重地治罪！”

未料吴杏言早有准备，叩着头、噙着泪，说：“小人因为贫困不能自饘，行将瘐死，于是找了个日者，为小人占卜一番。未料这日者却说小人之命，贵不可言。小人自念一寒至此，何由发迹？所以一而再、再而三，俯观手中所得命纸，欲从字里行间，窥出天人消息。无奈肉骨凡胎，伧夫俗眼，怎么也看不出。就这么分神于路途左右，沉吟犹豫之间，不虞节钺倏忽而临，致误冒犯尊驾，真是罪该万死！罪该万死！”

李怀仙从帘儿缝之中看他面貌端正挺秀，听他言语清隽有节，推测出身，绝非一般黎庶之辈，心下对他已经有了好感；加之以说什么命纸上有“贵不可言”之格，心头怒火径自消了，反倒一捋胸前长髯，道：“你那命纸，呈上来我看看。”

不看则已，一看之下，节度使把一整张轿帘子掀开来了：“你是哪一家的少年？”

吴杏言这就不怕事了，毕竟从他自己以上，几代的家世都堪称贵胄，看李怀仙笑逐颜开，满脸悦色，遂恭恭谨谨将家族门第报过一遍，李怀仙二话不说，扭头同那虞侯道："让他上后车，把他带回府去！"

回府之后，自然是熏沐更衣重相见，少不得看见个英姿飒爽的标致人儿，细细一盘问，乃是由于家贫缘故，至今尚未议亲。这让李怀仙更高兴了，立刻亲手卜过了日子，片刻之间，就把个花不溜丢的大闺女许给了吴杏言。

一介浪荡成性的流氓措大，摇身一变，居然坐享富丽荣华，顿时平添了无比的骄蹙之气。这使李怀仙父女以下的属官衙僚、常随短幕，几乎人人侧目，无不既妒且恨。当着面不敢作声，背地里你一言、我一语，只说吴杏言好吃懒做、气焰熏腾就够了。李怀仙不是没长眼，自己也时刻纳闷：千挑万选而得之的乘龙快婿，除了能玩儿几手戏台上的刀枪要子，竟似别无一技之长——这么个看上去玉树临风的美少年，到底还是草包绣枕。凭他这点儿出息，长此以往，是决计不可能开府袭爵、称公封侯的。

暗中后悔，脸上还是会流露出鄙厌之色，一旦形诸于外，便会日胜一日。终于有一天，在一次群僚会食之际，吴杏言斥责一个无心冲撞了汤馔的童仆，可谓声色俱厉。李怀仙看他乖张暴戾，竟忍不住了，大喝一声，道：“呔！你这该死的浮浪儿，不也就是这么个德行，还兴许骂人呢！”

“该死”二字，可以说是失言了，然而却儆醒了吴杏言：大丈夫端居无为，好整以暇，往往鄙谑自招。说不定岳父大人真看出自己儇薄无行，终不能有大用，难道他不会骤下杀手，还他一个“该死”便死的了局吗？

正在这个时节，吐蕃大举入寇，边事告警，朝廷里一时忧悄无策，赶紧通知各路节度使，看看是不是能举荐优秀的将才，迈越川西，直入藏中，以雪当年薛仁贵大非川溃师之恨。这种诏告，原本就是空话，各路节度使手下若有将才，岂能不拥之以自重？若无将才，又能派得出什么样的勤王之师？

然而李怀仙别有谋划。他立马上了一本，加意推荐自己的女婿吴杏言，奏疏上说：

吴生固世家子，素习韬略，上马杀贼虏，下马书露布，文武两洽，捷才天授，可胜将帅之任。

这一本奏上去之后，没等覆诏下来，李怀仙便将女婿招到面前来，温语告之："我把你举荐给朝廷了；如今你不只是我的女婿，还是为天子披坚执锐的先锋了！"

吴杏言是何等聪明？当下便明白李怀仙使的是一条借刀杀人之计——不过是要借吐蕃之刀，消灭了这个不称头的女婿。他表面上假作义形于色的模样，连声多谢岳父提携汲引，回到宅中便愁眉苦脸地同妻子诀别。李怀仙这女儿叫芝娘，一听也明白了，非但不忧不惧，反而笑着递给他一封信，人却径自走出房去。吴杏言拆信一看，是这么写的：

昔日父帅在史藩镇下，曾预吐蕃使者交际事，此辈好瞯伺人，预谋手段，郎君善用此术，虚者实之，实者虚之，则可以反客为主矣。男儿志在四方，死生有命，此行焉知非福？郎君勉力图之，不立功归，毋相见也。

这封信像是交代了锦囊密计，也像是破釜沉舟的诀别书。吴杏言既然已经是过河卒子，别无退路，只能鼓勇向前。过了川西，马不停蹄来到石堡城（今青海西宁市西南），安营扎寨之后，原本应该放士卒休息，吴杏言却忽然传唤各军人马，齐集帐前旷野听训。

这一传令，诸军震动，试想：如果有重大军情商议，召诸将聚议密商即可；如果是操演锻炼，则大军远来疲惫，又何必急于一时？而且石堡城是四战之地，汉蕃杂处数百年，就在大庭广众之下，要宣讲什么样的武训军机，难道不怕泄漏吗？

不料，届时吴杏言全副戎装，登坛一呼，道："诸军将官士卒听令——尔曹千里间关，奔赴边塞，戮力王事，同心灭虏，诚乃千古难遇之机；唯吴某少不更事，何德何能，竟尔作之将、作之帅？不过，吴某自幼颇好驰马试剑，敢献薄技于此，以博君一笑，乃可以鼓勇杀敌也！"

说完一招手，千军万马肃立无声，但见八个健儿抬着一柄大刀，摇摇晃晃、趔趔趄趄地走了过来。这刀，柄长一丈六，有碗口粗细，而刃长五尺，刀面宽过人面，锋开双芽四边，大锋弯似云，小锋尖似月，赫赫然少说也有千钧之重的一柄精钢好刀。这刀，压得八个健儿龇牙咧嘴不说，教吴杏言一把握在手上，却仿佛顿时没了斤两。但见他，好英雄，只手轮转若丰隆；洒天花，兴龙雨，过山长蛇出栅虎，左荡右决神威健，上扬下抑风云变，而如此一柄大刀，使唤得轻若挥扇，易似折枝，舞毕下马，他连口大气儿也不喘，依旧声如洪钟，站在将坛上风采昂扬地呼喝道："儿郎们！杀敌否？"

底下的将士们蓦然一阵暴喝，大伙儿都疯魔起来——有指麾元帅如此，底下还需要什么士卒呢？打过仗的都知道：一旦披挂上阵，先锋官果尔有这种神力的十分之一，接阵之时，就直似砍瓜切菜的一般，人人跟随前进。一日追亡逐北，必然可以竟数百里收边复土之功。

"主公神威盖世，真天人也！"众人齐声呐喊，为这即将来到的一役，作了满溢祝福的结论。

当晚，这柄大刀又让那八个健儿抬到了营门口，哄传着元帅真是卢龙节度使李仙的女婿，正在帐中占看时日，准备一举直捣吐蕃王室老巢，彻底歼灭之。这刀，便立在营门之外，元帅要听这风吹刀头刀尾的声响，以决出兵时辰、方位。

早在吴杏言演武之际，有许多早就埋伏在石堡城中的吐蕃探子已经看见了，当时怵目惊心；到晚见大刀列于辕门，有私下前去抚触的，无不惊诧万端，伸出口的舌头几几乎缩不回嘴里去——因为那刀果不其然真如远处观望所测，竟有千钧，常人欲动摇一分，也犹如蚍蜉撼树而已。谍报当下传回，吐蕃举朝震惊，君臣相顾失色，噤口无对，他们都知道：碰上这样一个先遣大将，便有神力如此，不早自量力，而强与交绥，是螳臂挡车，徒自取死而已。于是，吐蕃王立刻派遣了使者，星夜来到石堡城，要求与总戎一见，不过就是两句话：约束好谈，仗可否不打？

条件当下议定：吐蕃还是依召开元时代旧议，上表谢罪不说，表中具载明晰：愿意岁岁朝贡，永誓不反。捷报传回了长安，皇帝当然是既欣悦、又震惊，不过不管怎么说，论功行赏第一位还是李怀仙——若非他举荐得人，哪里能马到成功如此呢？李怀仙因此而得以晋左仆射，封代国公。而吴杏言则封岭南节度使，封万户侯，夫人李芝娘封凉国夫人。

官诰加身的那天夜里，凉国夫人问丈夫："你的刀，是怎么回事？"

吴杏言笑笑，说："一把抬不动的，还在石堡城镶门外杵着呢—— 一把舞得动的，当天就在房里烧了。人称吴大刀，实无大刀也。"

那是一柄纸糊的大刀。

一叶秋·之一

我山东济南懋德堂老张家家传一部故事，题签上写着三个大字："一叶秋"。取义于观微知著，洞明机先。开宗第一卷，就是从吴杏言身上说起的。吴杏言侥幸功名，浮沉富贵，就连持盈保泰的能为都没有。凉国夫人不及中寿而一病殒身，吴杏言则一意挥霍、不能振作，晚年愈发侘傺无聊。

早年在石堡城跟着他同糊纸刀的常随叫汪十七，一世伴栖于贵胄之家，颇积攒。吴杏言的公侯爵禄及身而灭，汪十七却逐渐可以称得上是"发迹变泰"了。此人传家有一训："乱则迁，治则殖，避官事。"九字，堪称是浮浪子弟出身的汪十七毕生智慧的结晶。汪十七的儿孙在五代大动乱时期间关千里，族迁至严州遂安县，来做江南人。但是动乱之中深刻提炼出来的祖训在承平世界中似乎不能长存。熟悉冯梦龙《喻世名言·第三十九卷·汪信之一死救全家》的故事就知道：祖训和家业一样，传不过三数代。故事里的汪孚、汪革兄弟各擅生财，其货殖之艺、经济之术，决计不让汪十七老祖专美于前。可是“避官事”三字似乎极难。

这故事里说汪革：在麻地坡制炭冶铁，擅一方之利，所用之人，各有职掌。数年之间，发个大家事起来。他“遣人到严州取了妻子，来麻地居住，起造厅屋千间，极其壮丽。又占了本处酤坊，每岁得利若干”。待到包租天荒湖为己业，“湖内渔户数百，皆服他使唤，每岁收他鱼租，其家益富”。这就已经是京剧《打渔杀家》里令人厌恶的恶势力了。所谓：“乡中有事，俱由他武断。出则配刀带剑，骑从如云，如贵官一般。四方穷民，归之如市。解衣推食，人人愿出死力。又将家财交结附近郡县官吏，若与他相好的，酒杯来往；若与他作对的，便访求他过失，轻则遣人讦讼，败其声名；重则私令亡命等于沿途劫害，无处踪迹。以此人人惧怕，交欢恐后，分明是：郭解重生，朱家再出。气压乡邦，名闻郡国。”买卖人急公好义往往是不得已，但若喻之以妓女赠缠头却看得出是另有良图。汪革的良图不遂，落得以死赎家，不就是败在“热中官事”上吗？

这就是《一叶秋》的根骨，套用我高祖母常说的一句话：“熟了人情生了官。”此处的生，不是生长的生，是煮饭夹生的生；整句七言的含意是一旦洞彻人情事理，一定会远离公共事务！每生出这个感叹，就是她开始说苏小小的时候了——

贰·苏小小

香骨沉埋县治前，
西陵魂梦隔风烟。
好花好月年年在，
潮落潮生最可怜。

明人俞弁有一部《山樵暇语》的笔记，有一则是这样说的：

元居中作宿守，郡有官妓小苏，善歌舞，幼而聪慧，元守甚怜之。一日宴罢，令座客关彦长赠之诗。关善诙谐，即赋云："昔日闻苏小，今朝见小苏。未知苏小貌，得似小苏无？"由是小苏之名大著。

这一则笔记里的宿州郡守元居中实则是宿松县令的误记，小苏确有其人，关于她的身世和遭际，除了这一小则笔记之外，后人顶多还知道她嫁给了汪千一的七世孙汪学圃。汪学圃，字植之，是个不算很有名的诗人，汪革和汪孚打造起来的家业传到他手里，已经过了三个王朝，败得也差不多了，仅能维持着一份平常的生活。他之所以能获得小苏这美人儿的青睐，全仗着那几行诗。

这里先把他和小苏搁下，说说关彦长诗里的“苏小”。

再说就得打从清朝说起了。清乾隆年间，有个叫孙铨的，字鉴堂，号小迂，江苏昆山人。此公好风雅，在西湖盖了一座苏小小墓，墓前还建了一所亭子，孙铨特别题了一个匾，大书“慕才”二字。于是文人墨客经常聚集在此地酬唱歌咏，允为一时一地之盛事。

实则，苏小小不止一人，至少有俩。根据何薳《春渚纪闻》所言，南齐时代就有一个著名的娼妓，叫苏小小。她的墓在钱塘县廨舍后面，明代以前，县治在钱塘门边，距西泠桥不远，相传就是苏小小的墓址所在。

另一个苏小小，就是宋朝人了。见郎仁宝《七修类稿》。说苏小小：“钱塘名倡也，容俊丽，工诗词。”

苏小小的亲姊姊叫苏盼奴，同太学生赵不敏交往了二年，赵不敏床头金尽，苏盼奴掉过头来周济他，让他能够专心完成学业，之后果然在礼部会试的时候高中，授襄阳府司户。可是当时苏盼奴未能落籍，还是个妓女，不能跟着到襄阳去当她的太平夫人。

赵不敏单身赴任三年，害痨病死在襄阳。弥留之际，吩咐他一个在督察院干小公务员的弟弟，将此生宦囊所积，分作两份，一份儿给了弟弟，一份儿就给了苏盼奴；赵不敏还跟这个叫赵不求的弟弟说：盼奴的妹妹叫小小，是可以结识甚至结亲的好对象。

赵不求听了哥哥的话来到钱塘，正好遇见有族人担任郡丞的职务——郡丞，相当于知府的副手，此际知府出缺，由郡丞署理，行事大是方便。赵不求便托他叫了苏小小的局，想顺便把哥哥托付的积蓄也一并交给小小带回去。孰料苏小小来不了，进一步打听，才知道盼奴已经在一个月之前过世，害的也是痨病。而苏小小，也惹上麻烦，下了狱。

实情不详，只知道是跟私匿官绢有关。赵家这个干郡丞的亲戚亲自将苏小小从狱中提了出来，同时调出案卷一看，发觉是个浙江於潜地方的商人，替外地的官吏运送一批为数约当百匹的官绢，道经钱塘，这商人应该是色急攻心，要不就是情深失智，一朝堕入烟花门巷，便不能自拔。而出门在外，东南西北之人，又没有多余的盘川可供挥霍，便想暂时拿官绢周转一下，以为缠头之资。想这百匹官绢，搬运起来多么招摇费事？一旦送进苏家，立刻招惹了衙门里里外外的眼线。

再经查察，那商人只说官绢原本不是嫖妓之费，而是苏小小诱骗所失。两下所供不同，但是官绢发赃之地确乎是在苏小小的下处，于是苏小小就给押起来了。那商人当堂放出去，撒腿直奔河口，立马雇了一条船，跑了。这一宗案卷上明明白白写着四个大字，就叫“於潜官绢”。什么意思呢？这就表示案子所牵涉的，是苏小小跟这一百匹来路不明的官绢，已经和那商人无关了。

“於潜官绢，且不说是你诱骗所得，但凡以私自藏匿论，也的是一条罪名。这——该怎么结案呢？”郡丞问的是自己，话已经讲得很明白了；他可以看在族亲赵不求的份儿上开脱苏小小，但是，于律总得有个说法。

小小当堂盈盈一拜，道：“这官绢和那商人，是亡姊盼奴的事，乞求大人赏一个周旋，非惟小小感生成之德，盼奴在九泉之下也不敢忘记的。”

郡丞一听这言语，懂了——诚若要周旋生者，便把罪过往死了的身上推去，岂不就结了？郡丞一方面由于亲族付托、不能回避之故，另一方面也着实喜欢苏小小应答婉顺，遂接着道：“你认识襄阳的司户官赵不敏吗？”

苏小小说：“赵司户还没当上官的时候是认得的，他是姊姊盼奴的恩客，曾经受姊姊周济过两年。后来人家做了官，可姊姊却没有能为自赎出籍，以至于朝思暮想，终至于病，‘痨瘵相思一息间’了，大人！”

郡丞叹了口气，说：“赵司户也谢世了，一样的痨瘵之疾，恐怕也还是相思所致罢？”

苏小小点了点头，不再说什么。而在郡丞看来，此女殊为清奇，试想：人给关在卑湿泥污的牢房里，岂有不亟欲脱身之理？如今听他谈起了赵司户，应该立刻攀援周纳，好让自己从速脱身的才是。未料这女子闻说赵司户也病死异乡，眉宇间尽是悲戚，似乎忘记了自己坎坷的遭遇。

“不过，”郡丞接着道，“赵司户临终之前，曾经遣人携来一筐笼物事，还有他亲兄弟赵院判特为给你写的一封信。”

苏小小当堂将信拆开，但见兰笺一纸，写着一首小诗：

昔时名妓镇东吴，不恋黄金只好书。
试问钱塘苏小小，风流还似大苏无？

苏小小将诗读了几遍，始终默然。倒是郡丞有些着急，想了想，笑着说：“是不是就在这堂廨之上，回人一个消息呢？本官久闻苏氏姊妹才貌双绝，何不就和他一首？天下事至为明决，不过然否之间而已！”

苏小小略一思索，取过纸笔，在转瞬之间完成了这样一首诗：

君住襄阳妾住吴，无情人寄有情书。
当年若也来相访，还有於潜绢事无？

此诗一出，郡丞大为惊讶、赞赏，登时起身离案，降级下堂，同苏小小说：“容我作个月老，你就跟这赵院判结成一门亲事罢！百匹官绢，也毋须将来将去的了，这个数，我还处分得，就当是本府致送的贺礼。你是难得一见之人，有难得一见之才，落籍从良也属难得一见之事，有这么一个好归宿，更是难得一见了！日后，当会留下一则佳话。”

这是宋代的苏小小。元人张光弼有诗赞云：

香骨沉埋县治前，西陵魂梦隔风烟。

好花好月年年在，潮落潮生最可怜。

一叶秋·之二

然与不然、为与不为，牵一发而动全身。苏小小这则故事，全出于这位郡丞处决明快。至今赵不求留下了一首酬赠的诗，目为《春归偶题呈芹仙十四丈》，我们可以猜测，“芹仙”应该就是这位郡丞的号。其诗云：

沉吟陌上花开否，踌躇云中路几千。
未料平生一鞭及，马前端合谢姻缘。

这首用语俏皮的小诗毫不费力地使唤了几个典故。“陌上花开”是吴越王钱镠写给他所思念的王妃信上的话：“陌上花开，可缓缓归矣。”次句“路几千”则出自梁元帝《荡妇秋思赋》里的几句话：“登楼一望，惟见远树含烟；平原如此，不知道路几千？”

“马前”是个宋代就有的市井俗语，意思就是“赶紧”、

“快一点”，至今似不复通用。叫人当机立断、勿事迁延，即曰“马前”。“马前端合谢姻缘”有种一语双关的趣味。一方面接续着前文的“一鞭”，浮出一种走马观花的意象，一方面也是催促人赶紧谢媒。

我高祖母立有家训一则，曰：“姻缘足以醒世，情分何如知人”，这话宜乎要让世间恋爱中的男女知晓：先不看男女大伦基于什么繁衍后代的目的，情爱的本质是要唤醒人“相知”的能力。这也是为什么老古人留下了这么多“再世夫妻”、“他生情定”的故事的原因。毕竟，终人之一生，要与相爱之人相知透彻的话，只有几十年相守、相处甚或相吵闹、相厮打的时间，大概不顶够用。

以今天一般人的生命长度来衡量，我高祖母中寿而已。她老人家过世之后不久，半个济南城的父老都争相传说：“西关剪子巷朝阳街张老太太真是豁达！”怎么个豁达法儿呢？

那一天除夕，下午老太太坐在二进的明厅里，问了句：“都来了么？”意思是儿孙们都到齐了吗？底下人回道：“还有一多半儿没影儿呢！”

“那就是忙着咧？”老太太说。

有人催促：“叫人去唤来，让他们马前一点！”

“别介！”老太太说着时，指了指自己坐的椅子：“我又不走。”

说着就走了。

可是往后每天一到了下午未牌、申牌之交，那明厅里的椅子便发出咿唔之声，老太太就座了，仿佛还是像平日一般，说她的故事。

叁·三娘子

烟水苍茫西复东，
连人在哪儿都有恍惚不知所处的刹那，
何况一缕分别了十七八年的幽魂呢？

不知道“於潜”是个地名儿的人乍读“还有於潜绢事无”，一定以为自己看花了眼，或是白纸上印错了黑字——简直不可解的一个词儿。

有这么一段话：“市集之上肩摩毂击，驴马鼎沸；街巷两侧万瓦鳞次，老幼喧呶。”二十四字，便鲜活地勾勒出这个所在的热闹人烟。有人说这个所在一定是出自於潜、昌化一带老百姓的想象，但是也有人认为这就是南宋两浙东路大城市共同的景观和氛围。两浙东路多锦丽之都，以临膏腴之地，繁华何止千年？其中名胜之最者首称明州，也就是庆元府，治所在鄞县，也就是今天的宁波。另一个就是建德，严州府治所在，地当江行上下的要冲，不论兵燹如何剧烈，此地却始终繁荣热闹，逐渐不亚于临安了。三娘子的故事，跟这三个城市都有关系。

绍兴年间（1130—1162），有个明州出身、名唤韦高的士子上临安应“帘试”，算是功名在握了，活该就要遇上点儿事。

所谓的“帘试”，是宋代特有的一种考试。具备了任官资格的士子，称为“选人”，为了避免这些将来国家的准行政官僚雇用枪手代笔，除了同进士出身以及恩科晋身人员之外，“选人”必须亲自赴吏部长贰厅前之面试，这就叫“帘试”。

考完试的这一天，韦高闲步出东城崇新门，忽然拦过来一个奴婢，趋前道了个万福，说：“阁下莫非韦五官人字尚臣的便是了罢？”

韦高不免吃了一惊，道：“正是啊！你这小丫鬟，怎么会知道我的表字呢？”

那丫鬟是极守礼分的，低低垂着头脸，不疾不徐地说道：“我家杨三娘子适才打荐桥门里乘车出城，从帘子里看见官人，想官人应该是入都来补选的，总要回明州，想托官人送一封家书，要见官人一面。便唤奴婢前来相请，望官人能移玉驾一往。”

荐桥门就是崇新门的旧称，要几代以来长住临安的老杭城人才会这么不假思索地说出这个地名。韦高一听就知道：这丫鬟是他表妹婆家的使唤人。杨三娘子的父亲是韦高的舅舅，官居签判——也就是以资深京官的身份上充州、府等外地的判官——任所是在徽州（后来的安徽歙县）、明州等地，而他的三女儿却嫁到了临安。丈夫姓李，是老杭城的世家子，担任过县尉之职，即便是其间先后丁内忧、外忧，连连守制居家，过了好几年，功名上一时淡了，几几乎看似仕途无着了，大家都还称他"李县尉"。

韦高和他这一门舅家的亲戚原籍都是青州（今之山东省境内），由于宗室南迁，有些亲故戚友已经星散，再加以姻亲嫁娶，往来各异其地，彼此流落，久不相闻。一听说三娘子殷殷相询，韦高想起十多年未曾谋面的这个表妹，自然倍觉亲切。未料这丫鬟接着就说：

"主公李县尉过世已经三年了，杨家人原来并不知悉此事，所以娘子更是着急，希望能托官人之便，赶紧跟还在明州的哥哥通个音信。"

韦高一听这遭际，不觉为之恻然，当下消了游兴，同那丫鬟说："我这就随你去罢。"

丫鬟又行了个福礼，径自在前带路，向着崇新门外行去。不多时似乎又绕向北郊，走了一程。举目所见，居然是连连绵绵的一大片宅邸。居中有一小院，看起来虽然还算整齐，可是庭园墙舍之间，处处可见莓苔壁立如翠屏，说不上来是古朴，还是幽森，总之是一层淡淡的庄严。

韦高才进门，里边儿就迎出来一位年可二十六七的玉人，素衣缟裳白绫裹头，还是一身看来严密的重孝——不消说，这就是守了三年节丧的三娘子了。闲话不提，把韦高迎进堂屋之后，当然少不得一番哭诉，既是离别之苦，又是丧夫之痛，加之以骨肉离散之思。

这一哭就直哭到了过午，其间三娘子不住地向韦高称说：她之所以能够全贞全节，始终独处自守，不至于因贫寒催迫而失志，都亏得东邻的桑大夫，以及西邻的王老娘这两位老人家。老人家也是流落到南方来的山东人，拊三娘如父母，饘粥之资，薪水之助，毕竟把三娘给撑扶过来了。

"那我就该去向这两位老人家请安道谢的才是。"韦高说着，便要起身。

“我让小奴走一趟，请二老过宅来一叙好了。”

不多会儿，一个老头儿、一个老媪子，分别打东西两边院落里过来了，两人口操北音，不是兖州就是单州，皆属山东之地，一听进韦高的耳朵里，便直要落下泪来。那老头儿捧着一坛酒，老媪子抱着一篮园蔬野菜和半袋子米，四口人围坐一堂，相互帮手刀尺着饭食，闲说些乡趣，饮两杯新醅淡酒，转瞬之间，竟好似家人的一般。除了时局破败，南北兵戎日日可闻，颇令人神伤之外，不免还是关心着踏踏实实的生计。倒是王老娘妇道人家先提起了一问：“五郎年貌正盛，应该也是娶过妻室的了，可有子嗣否？”

“吾妻郑氏，过世已久，如今家中还有两个老婢子，勉可照拂衣食而已。”

“何以不谋再醮呢？”桑大夫说。

“说来惭愧——”韦高叹了口气，道：“铨试一直未曾合格，官无从任，家无从给，人无从足，连自己都养不活，怎么还敢谈再娶呢？”

不料老媪子却在这时抢着说："好极了！这才是天作之合呢！一个你——"说时她一指韦高，复一指三娘子，接着说："一个你——两家鳏寡，可又是姑舅至亲，试想啊——三娘子势须适人，与其倩行媒妁、淹迟岁月，孰若就此成就一桩美满姻缘的便了？今日之会，殆非偶然，依老身看，不外就是天意昭然，让你们在崇新门一遇，可不就是应着要重起一座新门户呀！"

三杯下肚，韦高也乐得有个大美人佐觞伴食，甚至入夜之后，还能暖暖被窝。当王老娘说着时，他偷眼觑了觑三娘子，但见一张白里透红的粉嫩脸蛋儿正泛着些许微微的笑容，像是忽然看见了一片好景致似的，眼神竟然落在不知如何迢递之处了。可他韦高毕竟是个读书人，转念一想就是礼教，随即应声道："虽然是好合嘉礼，我毕竟还是读孔氏书的人，一身以为天下法，切切不可以私自娶嫁，便宜行事。"

一听这话，三娘子不乐意了，道："五哥说'私自嫁娶'，却不免轻薄妹子了。想妹子嫁到临安来，已经五年有余，这五年之间，何尝听说过父母兄长的音信？五哥人在明州，除了我那两位哥哥之外，是不是也没见过妹子的父母呢？二老若是仍然在徽州，不克南来，妹子的后半生难道就不寻个依靠了么？父母经年没有音信，妹子却朝夕不足以自活，就算妹子随便找个正主儿，归嫁以庇终身，难道你们孔门中人，也要把妹子看作淫奔了吗？”

桑大夫这时也举杯抢白道：“乱世儿女，不可以拘礼以防嫌。婚配之事，乃是人伦大德；一旦泥于绳墨，反而有亏圣教了呢！”

话说到这一步上，韦高也就不必再强为辩难了——因为他也不想错过这份姻缘。三娘子何等利落？当下叫丫鬟从后屋里取出几匹缣帛来，交付王老娘过一手，再由王老娘转交给韦高，算是韦高来下聘了。韦高下的聘，当场呈给桑大夫，也就算是三娘子的亲族，这，就完成了备礼纳采的手续——而当时天色晚了，城门已闭，韦高顺理成章地留了下来，同这位绮年玉貌的表妹“完遂嘉好”了。

过了六七天，韦高出门打听帘试的消息。路上忽然看见有人扛着一对先牌过街。但见先牌上明明白白写着“杨签判宅”四个大字。韦高一则以惊，一则以喜，喜的是：踏破铁鞋无觅处，得来全不费工夫——若非巧遇，他还真不知道该上哪儿去跟舅家人说自己已经娶了再嫁的表妹作填房；惊的是：倘或舅舅的宅子就在临安城中，为什么三娘子会说，这五年来自己的父母竟是音信全无的呢？

一面想着时，一面已经看见后边身着官服踅过来的，果然是自己的表哥。韦高赶忙上前打了招呼，同时低声问这表哥——叫杨迈的——是否能借一步说话。杨迈一看到许久不见的表弟，自然显得十分热络，韦高也觉得这般偶遇是天意，要拉着饮酒共话，杨迈的表情有些儿不自在，透着些不大愿意饮酒剧谈的落寞之情，可毕竟是表兄弟，久别重逢，总是要叙叙旧的。殊不料一入座，韦高开门见山的第一句话居然是：“罪过罪过！某不告而娶，实在是罪过了！”

“不告而娶？怎么就罪过了呢？”

“某——娶了三娘。”韦高嗫着声猛作揖：“令妹三娘！令妹三娘！”

杨迈愣了一愣，摇摇脑袋，仿佛是不相信听见了韦高的话似的，好半晌，才接了腔："你如何娶得了三娘？"

"此事也实实地迫于无奈。"韦高于是将李县尉病死、三娘子守节、桑大夫与王老娘左右扶持，而仍旧家贫不足以自给……这诸般情由叙过一通，再将自己六七日前出崇新门与三娘子巧遇的情由原原本本说了，但见那杨迈脸色一阵儿青、一阵儿白、一阵儿红，仿佛一忽儿气血上涌、一忽儿神魂出壳，又发了半天傻，猛地"噫——"了一声。

韦高抢忙问其缘故，杨迈才缓缓地说道："你说的这些倘或不假，那，那，那你可是遇见鬼了。李县尉并未亡故，而是转赴他县任官，原意是携三妹同至任所，也免得夫妻两处分离之苦，殊不知尚未启程，三妹便得了暴疾，一命呜呼了。可你也知道的，新官上任，最怕舟车延误失途，李县尉急急忙忙赴任去了，至若三娘嘛——只得草草藁葬于崇新门外之野。有书信报家，我是特为从明州赶了来，要将三娘的灵榇迎回老家去的。此乃李县尉亲笔书信所述，怎么会有你说的这些事呢？"

韦高仍在犹疑两可之间，便道："可否随我往崇新门外一访，三头对面，实情自见。究竟是我娶了鬼妻，或是你接了鬼信，两下里都可水落石出了。”

兄弟俩都有些迫不及待，水酒尚未及入喉，已自慌慌张张向崇新门外野地奔去。韦高识得途径，顾不了让那一对先牌导路，三步并两步跑在头里，说是载忧载奔，可一点儿都不为过。

然而一旦来至在原先那一大片宅邸之前，便颓然跪倒于埃尘之中了——原来那一整起连绵不绝的宅院居室，通通没了影儿；所余者，不过是荒烟蔓草、荒冢古木而已。

可韦高仍不死心，勉强撑身而起，循着记忆中的方位行了去，拨开一丛丛野苇枯藤，果然看见丛冢之间有一坯新坟，土色鲜亮，墓前立着一块墓表，上书“李县尉妻杨三娘子墓”九个大字。这一座新坟的东边、西边紧捱着两座古墓，墓前亦各有表，一个写着“兖州桑大夫之墓”；另一个则写着“单州王老娘之墓”。

韦高、杨迈相对泣叹良久，别无长言。好容易韦高止住了泪，道：“俗谚说：‘一日共事，千日相思。’我同娘子虽只七日欢好，毕竟是夫妻一场，不能以人鬼阴阳之隔，便废其礼、夺其情。”于是另外营奠营斋，也替三娘子办了一场送葬的法事，自己亲着素服，为之哭祭。之后，还同杨迈一道护送灵柩返乡。

舟行过严州——也就是日后李文忠大败杨完者的所在——之时，韦高还梦见三娘子站在建德渡头的岸上遥相呼唤。韦高在梦中招她上船，三娘子只是摇头不肯，远远地、幽幽地说：

生平若无大恶，便得托生。妾感君恩义之勤，这一回入地府，总会恳祈阴官，来生再发落妾一回女身，好与君重结连理，以报君之德于万一。

说到这儿，抬袖子擦了擦眼泪，顺手朝自己的脚下指了一指。韦高惊觉而醒，失梦于无何有之乡，只剩下一江碎月、满脸泪痕。

这虽然是梦话，反复想过，并不以为竟能成真，只是话说得太亲切动人，不时回思起来，就觉得三娘子已经在身边了。韦高这一回入都铨选，得了高第，日后调定海县尉、衡阳县丞、容州普宁县令，一路扶摇，官运始终平顺亨通，十七八年下来，人已经将近半百了，本无再醮之念，总觉得自己后半生的风情绮思，就在严州渡上隔江听见的那几句话儿，和那不知意欲何为，但是容色显得坚定无比的一指。

孰料无姻缘时姻缘难系，有姻缘时姻缘催人。到了普宁二年，韦高接获派令，又升为严州知府，调发建德。来到渡头之上，才发觉此地景观市况大异于前。原先一个不过数百户人家的港汊，已经是数千家蚁聚蚕集的市镇了。府衙旧治为了方便往来，也迁移到邻近江边的所在。

一日公余，韦高换了便服，四处踅走。时值黄昏，坊市的大门都准备封闭了。韦高一转念，想起当年舟行过建德时，自己是睡在船上、梦见渡头上的人儿；如今自己倒站在渡头之上，回望当年得梦又复失梦之处，只不过烟水苍茫西复东，连人在哪儿都有恍惚不知所处的刹那，何况一缕分别了十七八年的幽魂呢？转念才及于此，忽而听见身后传来一声娇叱："客官！要饮酒么？坊门要关了，得马前些！"

他一回身，瞥见个小姑娘，容貌——且不暇说那姑娘的容貌了，但说一个笑罢——姑娘笑着，一只手翘着根兰花指，正指着自己立身之所在。

一叶秋·之三

我高祖母并没有真的离开。正因为她老人家随时还待在堂屋里——也随时有人听见或者看见，才传下来另外一条家训："精诚不分昼夜，执念相将鬼神"。

我老奶奶——也就是曾祖母——有个姊姊，我要是能当面见着，得称她一声"老奶奶"的。这老奶奶生具阴阳眼，打小就不惧怕灵异妖邪，与高祖母的魂魄最是相得。

在老奶奶眼中，满街满市摩肩接踵的都是鬼神。这些——（我们不能轻易一见，姑且称之为"东西"吧）这些东西有的大、有的小，用今人明白的话语言之，即是整体上"构造比例"不同。据老奶奶的分析：是有所谓"新鬼大、故鬼小"的说法的。因为死得久了，其气逐渐委顿，较诸人类，更不能撑持形体，往往在一两年、三五年之间，就缩小到常人形体之半。再过几年，缩小到一尺长短，就很快地消失于无形了。这还算鬼之寿考，运气不佳者，即使是在通衢之上、车马之间，一旦被不明就里的冒失鬼横冲直撞一阵，往往登时碎裂、涣散，那就是彻底的“香消玉殒”了。

不知道是为了安慰那许多思念至亲的家人们，还是我高祖母原本天赋异禀，根据老奶奶的描述，我高祖母总也不缩，一径就是那么个身形，非但家人视之如常，连院儿里百把年间日夕出没的“东西们”也即之如在。

其中有一大仙，据说曾经是头老狐，老狐有慧根，肯苦行，焚修精洁，颇历岁月。那样的修炼是有些门道，外人不得甚解，能够偷眼觑看个一时片刻，已经相当难得。看过的人拼凑其说，大致上是初一、十五，晴月当空之夕，老狐头顶一髑髅，前肢掌爪捧住了那髑髅，对月而拜，口念经诀，入夜至晓不绝。有人听到的段子如此：“叶随风动，兽随声动，道者动静自随。”有人听到的段子如此：“万法无常，我即常法。”有人听到的段子如此：“脱去名枷利锁，开出清门高户，但莲鬼子母之丹，不知何时可成？”还说这万一有那么一天，当老狐拜月之际，头顶上的髑髅不需捧按，也掉不下来，那就是修成了。

老奶奶一生就记得这三小段儿，晚辈们问她老人家：“您要是记全了，不也能修一个千年万年的真身了吗？”

老奶奶说：“修真身不如奉好茶，解人道路之渴，连这也要我叨念吗？”

肆·黄十五

无妄之福竟与
无妄之灾相邻连理。

韦高娶过鬼妻，对于往生之人、魑魅之说，往往有一份独到的同情。他在衡阳县尉任内，公余之暇，曾经搜集过当地许多巫鬼传说，辑写搜录，寖成一册，题名为《荆南别识》，记载着许多跟鬼神妖怪有关的掌故——其书之所以为用，不只是记述一些骇人听闻的传说，还提供了相当务实的“知鬼奉神之道”。比方说：缢死之鬼寻找替身时必须携带拐杖；溺死之鬼除非封仙，不得隐身；乃至于各家各户供养零丁神祇之时，如何权衡，取其门当户对，以免人神冲犯、两不相安等等。可以将这本书视为老百姓如何与身边的鬼神平安相处的实用手册。

此书写成数十年后，韦高自己过世，成了个鬼。有心人发觉此书，竟然雕版刊刻、流传过。此书卷四上有这么一则黄十五郎的故事。原作无标题，刊刻者径题以《劳虫》，不过是取其故事发端的两个字，没什么意思，今改其题为《黄十五郎》，庶几近乎故事本义，韦高应该不至于怪我。

话说“劳虫”，就是中医称“瘵疾”的一种结核病，又叫“传尸劳”。在宋代，这种病很流行的，但是一般人都不以传染病视之，多半将病因归诸于操劳过度、身体虚弱、气血不足云云，乃至于苏小小还有“痨瘵相思一息间”的诗句。治劳虫这种病，楚俗喜用巫，治得好，就是巫师找来的神明有效验；治不好，也算在那神的法力斗不过虫，巫不居功，也不担责，纯粹过一手，所以两千年来这行业没有消失过。

韦高《荆南别识·卷四》提到“劳虫”的时候，还特别强调：“鄂州孔氏能治传尸之病，远近尊之，以张天师嫡传礼敬之，俗亦有称‘孔劳虫’者。”这一段话同稍早于韦高的洪迈所写的《夷坚志·丁志·卷十三》上一篇名为《孔劳虫》的记载差不多：“孔思文，长沙人，居鄂州，少时曾遇张天师授法，并能治传尸病，故人呼为‘孔劳虫’。”

不管哪一家的记叙，说到黄十五郎，都会先提到孔劳虫；而总在孔劳虫尚未登场之前，先说到刘五。

刘五，荆南乡野地方的一名小客商，举家四口住在一个叫作大槐树的山沟里，风雾云雨不到床榻，可是虫蛇鼠蚁却时时往来于庭除。之所以离群索居，还是为了生计。由于是单帮客生意，不论丝米炭茶、胭脂花粉，都需要渡头上周转。旁处渡头上下什货，都要由当地码头丁口盘剥一层，唯独大槐树附近一个野渡，常有船只停靠歇息，却无进出货物的管制和规银。为了节省商帆往来渡头的开支，刘五才拣了这么个荒僻之处为家，一开门儿走不了几百步，就到了野渡口，但凡有相识的船家，平素拉上交情，用时赔一副笑脸，一样买水程，再分润些微薄的好处，一年可以省下两把银子。由于经常出外贸易，东西南北走闯生涯，往往十天半个月不得回一趟家，一旦能够回家将息，不几日，又得出门，往来江湖之上，一年连本带利挣不上二三十两银，是以刘五也厌烦了这生涯的劳苦。

这一天，刘五的老婆顿氏和俩孩子在家，忽然听见门外有人喊刘五，顿氏支起窗户朝外一打量，月亮地儿亮堂堂，既没猪也没羊，登时害了怕，关了窗子不出声，却听见外头那人又说："那么就等刘五回来之后，告诉他一声，我走了。"

这人无形无体，却像是与刘五极亲、极熟似的。待刘五回得家来，顿氏慌慌忙忙将前情说过，接着便劝说："此间地理荒僻，还是搬家算了！"

话才出口，门外忽地又传来了那人的声音："搬家不是个主意，那样五郎往来江湖就太辛苦了。"

一听这话，顿氏吓得一声惊叫，止不住嘤嘤啼泣起来。刘五毕竟是经年在外奔走之人，见多识广，还不至于失措，勉强扯嗓子吼了声："呔！是什么鬼怪？成天价来我这儿祟闹，却不知敲错了门板！刘五岂是担惊受怕之辈？你这妖怪还是快快滚了！免得五爷震怒，使起威风来，你不好消受！"

"你别称五爷了，我才是五爷呢！"门外那人笑着说："我是'五通神'，不是什么妖怪。如今有求于五郎你，不过就是一炷香、一对烛、一碗米、一碟肉、一杯酒的奉祀，香火不辍，我能叫你一辈子永保富贵，也不必长年价东买西卖、冲州撞府的。万一不测风云，汩没于波涛间，丢下妻儿不能顾看，岂不白来一世为人？供养不供养，全在你一念之间，何必扯着嗓门儿说话呢？"

刘五原本生就是一副生意人的皮肉，根骨上刻着四个字："唯利是图"。一向在江湖间行走之时，就听人说起五通神的故事，说法大同小异，不外就是有人在山中依着岩石树木建立小祠，所祭拜奉祀的，正是这些个树石精怪，在荒野之乡，几乎村村有之，两浙、江东之地称为五通，江西、闽中称为"木下三郎"，也有地方叫"木客"的，还有些所在声称此怪仅有一条腿，本名叫"独脚五通"。

早在李善注《文选》张衡《东京赋》的时候就曾经提到："野仲游光，兄弟八人，常在人间作怪害。"说的都是这一类的东西，无论何地何名，他们最显著的特色就是几乎从来不露形迹，往往要求人给予很简单的供养，却提供极丰腆的报偿。一般供养的不过是寻常酒饭，有时甚至连泉水生粮也可以为祀；但是报酬却往往是铸金镪银、珠玉珍宝。然而，五通神性情不定，时而躁、时而郁、忽而怒、忽而欢，阴晴一霎而变，供养者一旦伺候得不当，往往得罪，所以无妄之福竟与无妄之灾相邻连理。

刘五仔细琢磨了那五通神的说辞，回思自己的处境，不觉动了念。同浑家商议了大半夜，天亮前打定主意。鸡鸣五鼓，即议即行，夫妻二人领着俩孩子到河边儿挑了许多稠泥，和上压山老土，烧制成土砖土瓦，砌了个五尺来高的小祠，祠中供龛、烛台、礼桌一应俱全，水酒饭食才随着香烛摆上，立时便有高车骏马，呼啸而来，带马的夫役一路朗声喧嚷："郎君奉谒！郎君奉谒！"

刘五听得明白，知道这是叫自己去参拜五通神的了，连忙回身迎迓，但见打从河岸边儿迤逦而来的那条小径上居然捉得下四匹四轮大马车，车上下来个黄衫乌帽的翩翩佳公子，容貌都丽，丰神俊赏，仿佛已是十二分的熟络，一发拉着刘五的手，便往小祠里走。谁知俩人一步凑近，那小祠居然陡地广大了数十倍不止，堂深室广，一应小龛小台小陈设之物全都改换了模样尺幅，端的是一栋精雅华丽的屋宇。里头对坐着两个神仙人物，擎杯举箸之间，尽是琼浆玉馔。刘五恍了神、发了愣，听那五通神道："你是五郎，我是十五郎，可我的年岁要痴长你百数十纪，你还得喊我一声十五哥！"

"莫说是十五哥，就是十五爷也叫得，十五祖宗也叫得的。”刘五道。

这个十五爷还有个凡间的姓——黄。黄十五确乎与传闻之中其他的五通神大大不同，他非但不隐身，还日日现形于刘家与隔邻的小祠之间。有时早上来，有时晌午来；过午不至，到傍晚时分也一定会来踅一趟，跟顿氏打过招呼，径自同刘五喝喝酒、走走棋，陪俩孩子笑闹玩耍，一点儿也不像个神怪妖鬼，倒有几分像是个甚为投缘的家人。

自从黄十五吃上刘家这份供养之后，刘五也不出门行商了，日日洒扫庭除，务使内外整洁，扫完了地，五般祭祀用的物事一端上桌，他就算完差了。开了缸盖，谷米自然满溢；开了箱盖，绫罗自然充盈；开了橱门柜门，里头的黄白之物就滚将出来，钱帛多到不知其数的地步。可是宅边一无近邻、二无集市，纵有金银，一不能夸耀，二不能开销，根本不算享用了富贵，权且将金银随手堆置，继而埋藏起来，准备将来找一日铸成个“没奈何”——什么叫“没奈何”呢？古来的财主就是有这份心眼儿：将积累所得的银子铸成一座像假山一样大小的一整块儿，让想打他财产主意的人没法子搬动。

刘五乍富惊心，当然不能习惯。要知道：这乍富的穷汉最怕回头过苦日子，所以日夜想着如何能够再多趁些银子，其贪得无厌，更甚于往昔穷困之时。由于是无时无刻不想趁银子，就算同这神主公黄十五走着棋，也往往想着多搏些便宜。这一天摆开了楚河汉界，刘五忽然想到个主意：要再多赚点快钱，索性就同黄十五赌几把。于是一言为定，每局以千两纹银为值。

刘五善弈，先上来几天，一日无论摆上十几局，他总是赢家，每天进账，真个多出万把两银之谱。然而日胜日负，久之，黄十五的棋力也有了长进，不过一二十日之间，输赢成了拉锯，这也还算有些兴味。到了后来，刘五非但讨不了便宜，甚至往往教黄十五杀得片甲不留，一败涂地。

情势如此逆转，刘五一方面还心存侥幸，总以为黄十五不过是靠运气赢了棋；一方面仗着自己还是个放供养的主子，就算输下去，真拿不出银两来，大不了赖债就是。便是执此一念，可害苦了刘五——那黄十五也是个固执顽拗之人，虽说神鬼之道不该同俗骨凡胎的世人们一般见识，但是这一天逮住刘五回棋，忍不住忿声斥骂起来。

在刘五说，这些日子以来输得老得掘银子，已经十分不自在了，又吃黄十五怒骂，忍不住恶狠狠地说：“我埋在床下这许多银镪，不也是你报答我才给我的么？如今下几局臭棋，就急慌慌赢将回去，这不也是回手棋么？要我‘起手无回’，你知道什么是‘起手无回’么？”

黄十五点点头，道：“回一手棋，看似玩得不够，那就朝大处玩一把！”说时推局而起，掉臂而去。

当下别无异状。等到第二天一早，顿氏先起身，嘶声惊呼，刘五勉强睁着惺忪睡眼，四处一打量，发现自己睡的床已经陷在一个丈许深的大坑儿里。近一年来家中所累积的金银珠宝全没了踪迹。非但如此，扭头还瞥见一锭一锭的银子不疾不徐打从空中掠顶而过，有的撞破窗纸飞出去，在山林之间消失了踪迹；有的则直愣愣撞在墙壁上，碎成一摊烂泥、一团堁土。

刘五知道：这是黄十五一怒而决绝，那些过眼的家财是再也回不来的了。刘五既懊恼、又愤怒，想起年来尽心使力，早晚香烛、牲果、酒饭的供奉，都化成泡影；如此伺候五通神，居然为了一手棋落了个万事成空，心下自是不服——这时，便想起那孔劳虫来。

当初走南闯北之际，但听人说长沙有个孔劳虫，经张天师亲传法术，降妖伏魔，无所不能，还兼治传尸病，是以远近驰名。据说此君替人排难解纷，是一口允诺了张天师的。原来道术诸法，自东汉张道陵以来，便是张家门独传，到了南宋张时修的时候，才有了些许的变化。

张时修原是二十七代天师张象中（拱宸）的孙子、二十八代天师张敦复（延之）的儿子，不料中间岔出去传了张景端和张继先两代，绕回头再传张时修的时候，他已经无意于总揽教务，然而毕竟是术德兼修，受到教众教长们的爱戴，百般推辞不成，终于继承大统。

但是在当上天师之前，张时修曾经有过一段外出游学的经历，到鄂州江夏（也就是今天的湖北武汉），结识了孔思文。孔思文出身在地贵盛之家，很欣赏张时修的才学气质，知道他是远游之人，加意照顾。张时修感念孔思文雪中送炭，不求回报，于是悄悄地传授了他一十八通符箓，可以招神役鬼、诛杀妖孽、驾风乘云、除瘴消疫，乃至于隐身移物等法。

这些本事从无外授，但是孔思文不求而得之，还是得尽义务——张时修临别之际让他立下了重誓，无论生计如何艰难，不得以法术谋一己之利；如果闻知有人遇上了困苦，必须驱驰而至，替人排解。这是没有名目、地位和权力的张天师，孔思文想了想：自己不过就是个膏粱子弟，一生吃住无虞，正愁没有正经事可做，一旦天降大任于斯人，当然欢受不置。

不料才受了符箓，孔家就生意败了，还备受昔时生意浪里一些对头的中伤怨谤。家主翁是孔思文的大伯，因被谤而吃官司不说，就算赔上万贯家财，也救不了一条在狱中挨打受病的残躯，出得囚笼，不多时就一命呜呼了。

孔思文原本想要施展道术，为大伯涤洗冤屈，可真若如此做了，究竟算得、还是算不得“以法术谋一己之利”呢？待大伯一死，孔思文尽孝子之礼，庐墓三年而大彻大悟：道术之所以要施之于人，正是要让持道术者不必为己；要使人有术而不为己，必先使之不能有己。

之后孔思文有如苦行僧的一般，不论是驱鬼降魔、除疠治病，总求与人为善。他能够御风而行，不论数十百里，斯须立至，却犹嫌不能实时为人兴利除害。久之，倒想出一个法子，自凡人有用得着处，便写个字条，上书“请孔劳虫至某地”，交付可通江船的舟楫，舴艋小舟再转至艨艟樯橹，往来于长江上下游之间，千里云帆，随时可济。传到江夏之时，往往已经是一大篓子的字条了。孔思文再按址一一寻访，尽力相帮，而且一径不收受饭食水酒之外的酬劳。

刘五将请托的纸条交给野渡上船家不过五日，孔思文便来了。一身青袍，身背长剑，一到黄十五郎那小祠门前，便比了个噤声的手势，随手就地上拾起一把灰土，朝祠门洒去——说也奇怪，那小祠居然叫那一把灰覆盖得严严密密、扎扎实实，且登时缩小了几十倍，最后不过是寸许长宽的一个小陶坯了。孔思文顺手将之搁进袖筒里，说：“这样，那孽畜就听不见你我说话了。”

刘五看孔思文露了这一手，已自目瞪口呆，知道这劳虫的本事不在黄十五之下，遂将前情一一详说了。孔思文闻言，紧皱着双眉，道："倘或是号称'五通'者，怎么会日日前来，且未尝隐没其身呢？依我看：来者不是'五通'，而是假'五通'之名，而能行搬运之法的禽精兽怪之属。"

接着，孔思文要刘五带着妻小将窗纸糊得完好如初，紧闭门户，一日夜不得出入，倘或因为砖薄土松，听得外间有什么祟动响闹，也万万不可贪奇观看，否则真会招致杀身之祸的。孔思文自己大踏步迈出门外，东走几步、西走几步，复掐指算算，来回八方再走了几趟。

当刘五一家子将窗纸糊妥，人已经躲藏起来之时，这孔思文从袖中掏出那陶坯一般的小祠来，朝空一抛，再噀了一口不知打哪儿蓄积而来、带着酒气的醴泉之水——说时迟、那时快，一座小祠落在地上，非但恢复旧观，里头还显着更宽绰了些；桌上供奉，其丰盛精致，倍甚于前。

一开口，孔思文便流露出虔诚、礼敬的神情："说是间壁刘五一家遭受妖物祟弄，敢是阁下所为呢？"

“就是我！”空中当下也传来了回应，同时香烟缭绕之处，缓缓浮显出来一个黄衫乌帽的男子来：“我也知道刘五搬请救兵，前来化解，你就是他找来的道士罢？你有什么能为？不过是书符小技而已；吾乃正神，还怕你那么一点儿朱砂么？”

孔思文闻听这话，颈一缩，眼一转，四下张顾了半晌，才道：“实不敢相瞒，我乃长沙孔思文，尝夤缘巧遇，拜在当今张天师门下受一番符箓之教，勉强有些道术。而今应刘五之请前来，原本也当是寻常拿妖收怪的事理，但是听刘五说起阁下的一番能为，心头大是惶恐，情知阁下绝非五通小神之流，是以前来请益，无论如何，还望正神赐教才是。”

听孔思文这么说，那黄十五也缓过气儿来，语言平和了许多：“有什么要讨教的，你但说无妨。”

“正神来请供养，即刻现本身，此事殊为可怪，请问其故？”

“隐身之术乃是五通小神的惯技，我岂屑为之？”

“如果不屑隐身，为什么又假借五通之名来请供养呢？”

孔思文接着问。

“如今在这大江南北上下三千里之地，想要请得一家一户的供养，孰如五通之便宜？你要说你是玉皇大帝，这些个升斗小民还未必然肯赏你一炷香呢！为什么？就是五通‘亲民而奇验’，我借他个名头使使，又有何妨？”

“既然是正神，何妨便以受封正神之名貌体性受人供养。但凡为百姓造福，不也一样承受香火么？”

“唉！你们这些通道术的，虽说知道如何弄法，却一些儿事理不晓。”黄十五叹道：“我当年在洞庭湖下舍身救了一人性命，乃受诸天册封为云梦泽令。自受册封之后，浪迹于仙界数百年，所结识的正神何止以万计？看他们个个儿蓬首垢面，羁旅倒悬。我辈何为尔，栖皇犹未平——难道封了神、成了仙，就只能在九天之上餐风饮露，吸吐日精月华，裹着一副长生不老的皮囊，镇天价无所事事，落得个不朽的清闲吗？

“再则，我一旦下凡，重返人间，若是不得供养，则形同鬼魅、质近魍魉，万一运势不佳，撞上那些个地府里来拘拿孤魂野鬼的逻卒，把我收进枉死城中，着阎罗小吏管束，甚或打下几层地狱，吃那般滚油利刃的苦头，岂不冤哉？既然吃供养是图它一个牢靠，敢问：吃这一家一户的供养，与吃那百姓万民的供养，孰为多事呢？”

“正神所言成理，吃百姓万民的供养，自然是管着百姓万民的福祉，非大德大能者，或许不堪其任。”

“既然如此，我拣这荒江野渡之地，托这不三不四之人，所求的不过是一点儿香火。刘五爱银子，我就给他银子。倘若他刘五是个有福分、受得起银子的人，就该将这些银镪珠玉的捧出去花销，买得一家衣食温饱不说，还能够丰席厚履、肥马轻车，赚一辈子好生活，此中——不消说——必然还有偌大的盈余，要是能宽襟大袖地将财帛布施出去，流通于关市，播利于江湖，岂不更是绝大的功德？

“如今此子拿了银子却无福消受，成天到晚念兹在兹，不外是聚敛而已，居然还想铸它一大锭山也似的‘没奈何’，你这张天师的徒弟倒是评评理：天下之银尽入他刘五的床下，该当么？”

吃黄十五这一顿抢白，孔思文反倒拿不定主意了，自忖：虽说受人之托，忠人之事，可这刘五看来不过是个贪财忘义之徒，如果仗着自己这一身道术，下手惩治了黄十五，毕竟于天道有亏；然而话说回来，纵任小神逞意气，白赖了凡间百姓一年多的供养，这也未尽持平。

当下一转念，孔思文道："我受刘五嘱托，不能不替他挣一个理。这一年多来，他日日在这小祠里为阁下烧香点烛、献花供果的，没有功劳，也还有苦劳，更不说败了一整年的生意，将来如何拾掇？万一拾掇不起来，旧业难以重修，岂不要怨你耽误？小民抱怨，大神不能袖手，届时批下惩治来，岂不犹有过于今日呢？"

黄十五闻言，不吭气儿了，但见他低眉垂首，沉吟了好半天，仿佛也在找台阶儿下。孔思文见状而笑，拱手一揖，道："我听刘五的浑家顿氏说，你初来之时，曾经动用过隐身之法。既然能通此法，如今一旦香火烧燎，便得现形示貌，不是很费事吗？我听阁下谈吐，是一个不羁之人，倘或连位列仙班都如此不耐烦了，怎能耐得日日守着刘五这伧俗可鄙的汉子，陪他走棋、闲话、埋银子呢？此中有绝大可疑之处，还请一言示教。”

这几句话似乎搔着了痒处，黄十五一听之下，神情更为落寞，似有不胜欷歔之感，摇了摇头，落了两三滴清泪，道："自我受封为云梦泽令以来，一向吃受那些个正神的奚落，都说我生魂不慎落水溺毙，不过是个溺死之鬼，家人不知烧化了多少冥镪楮锭，才挣得个救人的令名，得以封仙。有些大仙仗着地位崇隆，恣意捉弄，趁我没留意，扯坏了封神告身的一角，我那隐身法便时而行得、时而行不得，不灵了。”

“我从张天师受法术，倒是能修补阁下的封神告身。你若是能答应我，宽谅刘五的过犯，弥补他这一年来荒废的生计，我便为你张罗张罗；日后你寻得了门当户对的供养，也就不须为了一点香油，如此抛头露面的了。要知道：就算是大慈神和大善人，日夜对面，也要闹成夜叉国的呀！”

黄十五听孔思文这么说，益发感佩，一面从黄衫底衬的口袋之中掏出了那张被仙班正神撕毁了一角的告身文书，一面道："久闻天师道中人刚正持身，体贴待人，洞察物理，深究民情，平治纷扰有过于官府者，未料一个教外别传的劳虫，都能明察秋毫，犹过于八府巡案，黄十五佩服佩服！"

刘五一家饿了一宿肚子，直到第二天一大早，才敢开门，先是让垂挂在门梁上的一个包袱打了头，解下来一看，是三十两上下的散碎银子。再四下里观望一阵，小祠仍杳然无寻，倒是原先通往渡头的羊肠小道豁然一片开朗，成了一览无碍的平芜之地，刘五打掌举目可见，远远地，有商贩扬着小帆将船儿驶过来了，生意人算盘打得精，心思动得快，赶忙呼妻唤子：

"不知是哪路的神仙把林子打开、通天大道一路铺遍了——快烧一大缸水，泡他几斤茶叶，咱们就做这家门口的生意罢！"

一叶秋·之四

明明很小的一桩事，越是上了年纪的人，偏就越能够从中滋味出一些大道理。老奶奶的确没成仙，正叨念着一番大道理的时候，人就老了——咱们家讲到了死，不许用死字，得说“老”——至于那故事，则是跟关外的一种鸟儿有关。

那鸟叫“王三哥”，专爱捡人参的种子吃。这种鸟平时单飞，东一只、西一只，就算有它千儿八百只的，一旦飞进了数以万亩计的老山林，也浑似涓滴入海，看不出它是群性很深的鸟儿。在觅食的过程之中，如果有那么一只，发现了参树种子，就会在树冠上盘旋匝绕，发出一种尖细的鸣声，呼朋引伴——这给采参人带来不少方便，只要有人发现了“王三哥”流连的踪迹，就知道这附近有结种的参树，也就吆喝着前去开挖了。

不过，参树到六月里开花，两个月短暂的花期很快就过去，此后参树结子，才是“王三哥”密集活动的时间。换言之，“王三哥”能够替采参人引路的时间不太长，最多就是八月到九月之间那几十天。九月封山之后，整顿窝棚，一步踏上回家的路，就不再理会“王三哥”的叫唤了。因为若经不起诱惑，又回头去采参，是极可能为老山林里倏忽而至的寒冬困住的。老山一带的冬天来得又急又猛，一旦给困在林子里，恐怕就得待一个冬天，即使可以打打猎、采采野果，茹毛饮血地活下去，但是重山之中，寂寞难耐，恐怕极不是滋味。于是，在离开老山的路上，人们彼此相诫不去理会“王三哥”的呼唤，“王三哥”甚至因此而变成了他们世世代代、声声口口传唱的《下山谣》的主角：

王三哥，正叫唤，好汉提刀上老山。
八月初一参花落，白花红子喜连天。
王三哥，贼叫唤，老汉崖前翻下山。
九月初一裹伤药，青皮白骨向晚天。
王三哥，且叫唤，穷汉空手出深山。
十月初一抬望眼，乌云黄雪一片天。

王三哥，莫叫唤，汉子扭头不看山。

正月初一勒腰带，金翅银翎冲上天。

唱到结束时，沿山路蜿蜒而下的众家把子们还会齐声吼喊着："变作了王——三——来——叫——唤！"

这是一首悲壮而豪迈的民歌，题点人的大道理就是"不要回头"。老奶奶唱到最后一句上就没回头。她就那么"老"了。

伍·郭老媪

这是他年轻时混迹江湖之所逐鹜，
一旦到手，居然只觉着万分累赘。

野渡头终于汇成为港市，其间往往要经过千百年，所以故事多不胜数。有些段子会往来流窜，原本发生在甲地的事，由于要在乙地讲述，情节便会搬到乙地上演；有些段子里的人物鲜活惹趣，舍不得让外地人独享，索性给安一个本乡的户籍。这一类张冠李戴的情况，往往以野渡的故事最多，像《郭老媪》这个故事，原先出自《夷坚志 · 支丁卷四 · 朱四客》，之后曾经被说书人施耐庵转化到《水浒传》第四十三回《假李逵剪径劫单人》。但是在程楀亭的《荆湖纪闻》之中，故事就叫《郭铁枪》了，作者还把这故事的发生之处移置于“江夏东百三十里刘五渡”，正是黄十五那所小祠的所在之地。

《郭老媪》也罢，《郭铁枪》也罢，这一对母子的故事发生的时间显然要比《黄十五》的故事晚了许多，当时的刘五大约已经不在了，而津渡能以其人为名，可知在地经济应该是发达得不恶，人们能传颂其名，应该不会是因为他铸成了

"没奈何"罢?

在没有进一步的材料佐证之下，后人也只能假设：受了孔思文一场点拨之后，刘五悟出后世所谓"物尽其用、货畅其流"，真正懂得了银钱必须流通才有价值的道理。大概也因此而能赚得一个身后之名——刘五渡罢?

郭铁枪原先不叫郭铁枪，就叫癞鹅。在刘五渡开一爿名唤"郭栈"的小客店。此子自幼没了父亲，依着老娘维持店中生计，年事稍长，就能独个儿挑起里外经营，是个能为人。癞鹅少年时曾经跟着一个因病羁留在店里的武师学了一套号称是"杨家枪"的枪法，日夜演练，居然有些个模样。但是他的母亲从来不许他在人前卖弄武艺，癞鹅听话，可却不能明白其中缘故。

直到有一年，江里发大水，洪峰一路推到刘五渡，淹没了原先渡口上的市集，这反而带来了利市，郭栈地势高，在洪水未退之前，成了往来行商唯一能居留的所在。洪水既退之后，原先给淹没了的店家大多搬迁到上下游临溪岸较高而平旷之处去了，刘五渡成了郭一渡，孤杆儿生意。生意一孤就做不长，忽而有一天下着大雨，四野无人，郭媪跟儿子说：“去把你师傅留给你的那杆子铁枪扛出来。”

铁枪锈在枪架上，扯晃了好半天才抽下来，癞鹅捧着枪凑上郭媪的跟前，道：“锈成这样儿了。”

郭媪摸着枪上斑斑驳驳的铁锈，看一眼屋外的雨，两眼茫茫然望着远处的江水，道：“去演一套你师傅传你的枪法——枪法锈不了的。”

癞鹅知道他娘的意思——当年他那师傅也这么考较过他；拣一个刮着狂风、下着暴雨的天气，让他上门外去使一回枪，再进屋来，衣上不许沾雨点儿，功夫到这一步上，就算严实了。不过这一天癞鹅不如他出师那一天要得好，一趟“杨家枪”舞下来，两条裤腿儿各沾了些湿。

郭媪见状叹了口长气，才道：“该怨你师傅当初没能把你调教得结裹，还是该怨我老怕你人前露了相而不让你熬炼呢？”

癞鹅愣头愣脑不明所以，问道：“要得不好，儿子再练几回，日后天天练、早晚练；赶下回下大雨，就淋不着了。”

郭媪摇着头，道："'杨家枪'使到这一步上，无师即无道，回头再练，只有更坏，决计好不了。算了，你留神别遇上'朱地堂'那一路的练家子，还勉强可以保全身家的便是。"

"咱张罗咱的生意，不跟人过手。"癞鹅说着朝屋后走，要将铁枪收回柴房里去。

"回来！"郭媪发声喊，回手一抄，两根指头拈起了拖在地上的枪鋬子，接着说："刘五渡眼看就要荒，这一荒，客店的生意眼看是保不住了，咱娘儿俩得积聚些银两，上别处谋生理。"说着，从夹枪的那只左手袖口里掏出一条黑巾来，顺手往枪鋬子上一裹，松开了拈枪的手指。

癞鹅抽过枪来仔细一瞜，那黑巾是块露着俩眼窟窿的缠头布，布里衬着羊肠绞铁线，等闲兵刃着上了，还能抵挡些力道——此物叫"幪子"，一向是绿林剪径的强人所使的衣靠。

"娘！这、这、这是个贼物事——"

"是个贼物事。"郭媪说。

“咱家里怎么会有这贼物事？”

“咱家里是做贼的。”

癞鹅打从这一天起，成了个明白人：他是个贼种，父母两姓八代以来都是贼，就连他那落难的师傅也干过一阵子贼勾当。白昼剪径，黑夜穿窬，都能贯通。癞鹅不能再叫癞鹅了，他叫自己郭铁枪，把那杆铁枪通体打磨了一个锃光精亮，枪尖可以挑棉线，锋刃可以割鸡牛，连底下那鐜子都修治得锐利无比，随手一扔，可以入土五六寸深。

徒有兵刃还不足以成事，郭媪还教导郭铁枪一套“圈（音眷）羊”之策。那就是如何在渡头上设置种种路障，看似洪水侵淹使然，让那些个在刘五渡下船的客商不明究竟，七弯八拐地绕进了郭铁枪藏身所在的密林，到了密林深处，明晃晃的铁枪一亮，什么闲话也不必说，货物、银两都撒下来了。

这生意不须久长，抄得来百把两银子便足供娘儿俩上路，寻个别样的地界去重新做人了。在郭媪想来，一两个月，不等朝廷里派下来治水的河工来到地头上，那百把两兴许能维持个小生活的银两，应该就凑齐了。

剪径生涯不须细述，总之就是“此山是我开，此树是我栽，若要由此过，留下买路财”之类的切口，加上几声往来恫吓。除非碰上了能人背后的能人。

话休絮烦，且说有这么一天，郭媪秤了秤箧中积聚，果然有上百两银子，老太太闲来用心，不外多事，跟儿子说：“咱们一家两代三口在这刘五渡混生涯，前后已经快五十年了，今朝扭头就走，毕竟还有些不忍，更何况咱娘儿俩还倒腾了那么些‘圈羊’的机关——你去尽数拆了，咱们晚上吃了饭、祭了江神就上路了。”

郭铁枪领命而去。才竖起一株原先教他给劈倒的垂杨柳，就听见背后传来一阵闷吼：“多费事啊？”

郭铁枪回头一眄，是个年约五旬上下、须发花白的半老之人，头上草草结着绛带，一袭夏麻坎肩，里头结束着粗布褐衫，一条老棉裤，看是四季未必分明。不过这人腰间盘着个素底绣银丝的锦囊，看上去鼓突突、圆滚滚的，里头朝外尖扎扎、锐棱棱挤奢着的不是银锭是什么？这一囊里要都是银子，少说就有百两。要是金子，那就是他娘儿俩后半辈子傻吃闷睡的依靠了。

郭铁枪回头捉起枪来，枪尖儿朝前一倒，指着那人道：“你这厮来得好，帮衬我一个生涯！且留下姓名表字，好叫铁枪饮血记恩！”

“吆嗬？”那人上下一打量，笑了：“二十年前我追这杆枪不着，未料二十年后它自来找上我了。活该此中必有冤债！”

郭铁枪闻言一愣，登时想到：枪是我那师傅留下来的，二十年前也正是我师傅流落到刘五渡来之际，师傅来时带着一身内外伤病，莫非就是这老儿作索的？一念至此，仇忾顿生，暗道：“管他当年是非恩怨如何，我师傅传我这一身武艺，到今日还不曾当真施展则个，何不就拿着老儿一条性命祭枪，冥冥之中不定还给师傅出了口恶气呢！”

心念转定，铁枪使了个金蛇出洞的式子，枪鋬一抖擞，枪尖十颤悠，一条既似鞭、又似箭的长影儿“倏忽”一声欺近身去，连捣了面门、喉头、心口、小腹和下裆五处关隘，一枪还比一枪低，一枪也还比一枪深，底下一连垫上前的两步也是稳扎稳靠，毫不懈怠。

那老儿没提防的只能往后退，一仰脖梗儿闪过了面门，再仰前胸闪过了喉头，三仰不能对付了，索性退一步，避过了心口上的一枪，同时一缩肚子，省却盘肠大战，可最后下裆上这一枪可是又刚又猛，郭铁枪倾全力递出，一只臂膀探得老直，那老儿退无可退，居然凌空一跃，顺势向下使了个千斤坠，两只脚掌齐齐踩在那镔铁铸成的枪杆上。在郭铁枪感觉，就像是半空里忽然砸下来一座弥陀山，打压在他的铁枪之上，这怎么吃受得起？但见他双手一撒，人便朝后栽倒，可再也来不及了——那老儿拼得踩落铁枪，两条腿早已借着了千钧之力，横里兜个旋子，一副扫堂朝天打，前脚甩在郭铁枪的腮帮子上，后脚更要不得，接着崩断了他的肋骨。像个破皮囊似的郭铁枪就这么飘呀飘的给扫下河沿儿去了。

片刻之后，这老儿拄着铁枪，喘着气，一步一步踅到郭栈来。郭媪远远见那枪上沾着泥，知道儿子不妙了，可她一时摸不清对方的底，也不敢轻举妄动，把早就收拾完妥的家当又翻出来，装作寻常待客模样。

“客官是宿店么？”

“要歇下的、要歇下的，这一架打下来，可再也走不了了！”

“客官叫人打了？还是打了人了？”

“捱人扎了几枪，算是吃打；也还了手，算是打了人。”说着，老儿扯开前襟，低头打量着自己的胸膛。

“看客官没有外受金创？”

“真要叫‘杨家枪’扎进皮肉，老儿今日歇下就不兴许再走了。”说着时，老儿松了口气，一身筋骨发出格楞楞、格楞楞一阵急似一阵的声响。郭媪回过神来一打量，才发现老儿的脸颊、脖梗，还有袒露着的胸膛上各出现了一个黑印子，这叫“锋印”，打在要命的穴道上，径直寸许的锋印就能断送人的性命。显然，这老儿吃着了枪前尖儿上的锋势，受了点暗伤，但是并无大碍。

“是什么人将客官打成这样儿？”郭媪递给他两罐儿伤药。

老儿接在手里，闻了闻，摇摇头道：“年月了，陈了。”

看老儿不答，郭媪江湖识性，尽管心里慌急，却不能再追问，于是气定神闲地说：“看客官面生得很，敢问高姓大名，从何处来呀？”

“老儿姓朱，行四，在外都称朱四的便是。今从婺州而来，要往襄阳而去。”

“劝客官不妨听老媪子一句闲话，出门在外，结冤何似结缘好，吃了打，不上算；打了人，还闹官司，小小不言的终须忍一口气。既然脸上都落了瘀伤，还是早些将息的好。”说时朱四已经满脸不耐，挥着手，摇着头，将枪递给她往墙根儿里靠了，自提起桌上的茶壶，由郭媪引向间壁去用饭、安歇了。

这一天捱到大半夜，前门之上啪哒啪哒一阵噪响，郭媪早有心思，根本没上大闩，抢忙拉开门扇，但见儿子一身是泥、满面是血，跌跌撞撞地晃进来了。见了亲娘，少不得一阵聒噪：“娘！儿子今天碰上个扎手的！——”

话说到一半，教他娘手势止住，郭媪悄声道：“对头投店来，正睡着。”底下一阵窸窸窣窣，娘儿俩居然笑了。

隔壁的朱四当然不曾睡得。打从一进店房，他就觉得蹊跷——为什么这客栈里看似许久没有接待客商行旅，但是老媪子对他却温言款语，应酬周到，一似平常呢？倘若真要接待，为什么茶水浓香，饭食精洁，倒像是自家人饮食所用，绝非逆旅之中所习见者。还有，老媪子只手接过镔铁枪、往墙根儿里一靠，浑若无物的一般，一杆如此熟铁精铸的好枪，少说也有三五十斤重，老媪子若非绿林中人，膂力焉能臻此？

就是这些可疑之处，让朱四不敢放心贪睡，但夜里一听外头祟闹，连忙起身侦听，果然窥见白昼之时打劫的那汉子回来了，急忙换上衣靠，向里衣之中扎缚了锦囊，往灶下寻摸出一桶油来洒了，扔个火折子，随即跳窗而出，抄林间小径一口气奔出去十几里地，想想郭栈里那娘儿俩应当正忙着救火，自己算是脱险了，正准备绕回大路行走，孰料夜暗之中，尽听得那老媪的喊声铺天盖地、不打一处来：“朱四爷！朱四爷！”

朱四知道这老媪子门道精深，比她那儿子可是高明不知凡几，当然不敢出头，可越这么瑟缩着，老媪子的声音却逼凑得越发地近了。待他再一定神，老媪子居然就捱蹭在他身边，笑着说："朱四爷，您忘了给房钱。"

朱四大惊失色，暗中一提真气，想要窜得远些，可脚抬起来了，肩膀却直往下坠，即令他使出吃奶的气力，也丝毫动弹不得。耳边却听郭媪缓缓说道：

"劝客官不妨听老媪子一句闲话，出门在外，结冤何似结缘好。你打伤了我的儿子，烧灭了我的店房，这些都是老媪子该做而下不了手的事。老媪子都得谢你！可我怎么谢你好呢？——"郭媪顿了顿，笑道："这么着，于今我就剩这杆枪了，你当年在九江苦苦相逼，不就为了这一杆杨家枪吗？拿去！"

在夜暗之中，一杆铁枪像条银蛇一般地窜了过来，这是"杨家枪"的绝技之一，叫"飞天夜叉"。虽然枪是离了手，但是使枪的人还能控制这枪的势头，一共是点、撩、拨、刺、挑五轮攻掠。朱四听郭媪的言语，不像是要打杀人，但是

“飞天夜叉”来得凶猛，不能不全力抵敌，好在他朱家地堂一路的功夫可以运用腰胁、背脊、股肱诸处借地使力，拧拧蹭蹭地躲过了那枪的攻势。好歹让朱四一把擎住枪錾，倒抽一鞭，劈在一方巨石之上，震得他自己虎口发麻，可枪，倒是老实了。

紧紧握着那枪杆子，满手是月光星芒，朱四不知道该说什么，这是他年轻时混迹江湖之所逐骛，一旦到手，居然只觉着万分累赘，再趁那晶莹闪烁的光华看一眼自己，浑身上下俱是打斗之后所残余的百孔千疮，他仍旧喘着气，远远听见旷野之中的郭铁枪放声喊道：“娘，怎么啦？咱那枪呢？”

“要枪则甚？”

“咱不是做贼么？”

“这就改行了！”

朱四顺手朝身上一摸，那锦囊不见了。

一叶秋·之五

老奶奶身后留下一个匣子，里头搁一锦囊。在老奶奶生前，没有人见过这物事，此际打开锦囊一看，居然是半截香木。家人们忽然想起老奶奶说过她娘家天妃宫里的一桩旧闻：

那是道光爷还在的年月，天妃宫掌香火的是个老僧，法号叫一行。某日，一行从外面回来，发现锅里煮着两个蛋，快要熟了，急忙问小沙弥从哪弄来的？小沙弥回说："我从鹳巢里掏来的。"一行赶紧命小沙弥把蛋放回鹳巢。小沙弥说："蛋都快熟了，放回去还有什么用？"一行哀悯道："我并不指望蛋里头还能有什么活物，但望那母鹳不要太伤心罢了。"

几天之后，鹳巢忽然出现了两只小鹳。一行很惊讶，连忙让小沙弥把鹳巢取下来一看，果然是两个蛋孵化的。再仔细一打量，巢中还有一根一尺多长的小木棒，上面交错着五色花纹，香气四溢。小沙弥于是便将这根香木供于佛前，日日礼拜起来。

不数年之后，有个叫近卫十三郎的日本人来中国朝贡，船行遇到飓风，停泊在刘家河口，近卫十三郎既然行不得也，就踅进庙里，烧了几炷香。拈香之时发现了这根香木，脸上露出了极为惊诧的表情，连忙问值多少钱。一行搪塞道："这是三宝太监郑和捐献的，怎么敢卖钱呢？倒是——"一行转念一想，灵光乍现，接着道："倒是若有人能帮忙兴建后殿的观音阁，这香木就给他也无妨了。"近卫十三郎急道："我等不了那么久，我就出钱吧。"于是放下五百两银子，把香木拿走了。

几年之后，近卫十三郎又来到天妃宫，还带回来了半截香木，说是凭此物救了不少条人命，原物应该奉还原主。近卫十三郎还表示：想拜见拜见一行，可是一行已经圆寂多年，真身都过化了。原先那个小沙弥倒是还在，他一径不解前事，遂多口问道："那根香木，究竟是什么宝物？"近卫十三郎说："那是根仙木呀！烧了它可以使灵魂还体，有起死回生之效，人称聚窟州所产的'还魂香'便是。"

这一下，家人可有了着落了，赶紧就着老奶奶的灵柩旁点火，焚那半截香木。烧着烧着，火星也哔哔剥剥地亮了，白烟也蒸蒸腾腾地冒了，老奶奶忽地一翻身，道：“说不回头，就不回头，费多大气力，周转这臭皮囊做啥？”

陆·杜麻胡

敬畏是个麻烦——一旦受人敬畏了，往往那值得敬畏的活计就做不得了。

来大水叫“发天水”，发天水那一年刘五渡还出了不少事。大水冲到渡头，淹了一整片市集之前大半年尤其闹怪。后人谈论起来，编成了歌儿，还得敲着皮鼓，“膨膨胴胴”敲得价响那么唱，唱是：

大水天上来，来水大上天；
麻胡扛走双槐树，大虫卧倒酒虫边。
一笑江神肚满，二笑土地盆浅，
三笑城隍勾不动，鼙鼓在人间。
再喝千斗成一醉，醉里送神仙。

麻胡，就是绕脸一大圈儿络腮胡那种长相的人。晋唐以降，西域来人频繁，久而久之，国中的麻胡样式就多了，有虬髯的，有炸须的，原先庙堂之上那些个三绺、五绺，号称美髯公的爷们儿着实比不得，反倒总是讥嘲这些人出身微贱——“麻胡”就是这种态度之下出现的一个称谓。

杜麻胡是送铺里的卒子，穿一身军衣，连把朴刀都没有——不是没有，是当了，当了买酒喝了。先说大宋朝的送铺，已经比不得前朝；有唐一代在开元年间开了邮路，统编天下马匹，都为一籍，由州县官掌握、管制，先以邮递、军旅所需为务。天下之有道路者，每隔数十里，就兴建一所传舍，或称驿站，流通四方消息、南北货物。到了宋代——尤其是南宋时期——马政窳陋，人事不修，“送铺里的卒子”成了句歇后语，意思是在最低贱的行业里混生计的人，所指俱为无所事事、游手好闲之辈。

杜麻胡要比其他的邮卒地位来得高些。他的个头不怎么出色，力气却大得惊人，能负重物疾走，有些粗大物事也许要几个人一起帮衬，才勉强下得了手的，他一个人看似不费吹灰之力就扛得、举得了。同是铺里干邮卒的，先上来是惊诧、羡慕，继之便冷嫉热妒起来，特意找些个粗笨夯蠢的活计难为他。他也不当回事，总笑呵呵地完了差，抱着壶劣酒，滋滋味味地喝着，就高了兴。

为着喝酒，杜麻胡使了不少傻气力。有时明明不是送铺的勾当，人来请助一臂，前去给修缮房舍的抬一会儿大梁，他去；给换轱辘儿的扛一会儿大车，他也去。力气不白使，人给看过几文赏钱，让他换酒喝。也有径直给打一壶来叫出力的，杜麻胡也一边喝着、一边给干活儿。

有一回，西六十里飞云浦驿铺来了一拨邮卒，说是久闻杜麻胡天生神力，想验看验看他的能耐。来人俱是魁梧精壮的大汉，个儿顶个儿都是羽林骠骑之流的容色。看模样，不只是来“验看”，说不得还想打一架呢。

杜麻胡教这帮人围起来，仰面四顾，咂了口酒，笑说：“气力不值钱，怎么使都可以！这样罢，我听说飞云浦驿铺前有两株粗可十围的大槐树，交拱成荫，凉快得很，在那树下头比划，多么舒坦！”

“这是打发我们回去？”来人说。

“不不，爷们儿铺里坐一会，我去去就回。”说时一拱手，扭头不见了。

众人趁着公事之便来一趟，连顿饭还没迭得及吃，却放杜麻胡跑了，想追没劲，只得怏怏然把拳脚上的力道都作话骂了，回头往郭栈寻碗面吃。吃时群情汹汹，议论滔滔，看不出是得意，还是丧气，或者兼而有之。未料一人一盆子烂锅面才吃罢，正借了郭媪的擀面杖在门前滚肚皮，忽然远远地瞥见此地送铺门前多了一桩物事——原本栽在飞云浦那儿两株合抱成拱的大槐树，居然来到了刘五渡，而且不偏不倚，一个模样，就种在送铺门前，荫凉地儿里的杜麻胡正咂巴着嘴，看似是喝着他的酒呢。

这个“验看”毕竟没有完事，飞云浦饶上两株百年老树，也只能来去由人。杜麻胡倒是赢得了此间送铺里上上下下的敬畏。敬畏是个麻烦——一旦受人敬畏了，往往那值得敬畏的活计就做不得了。铺中官长叫驿丞，也叫舍长。打从飞云浦来啰唣的人回去之后，这刘五渡的驿丞便将杜麻胡奉为上宾，等闲的差事也不放他干了，一日三餐，由驿丞的浑家亲手打点，老百姓笑说舍长给麻胡尽孝道，麻胡算是“舍亲”，这当然是笑话，驿丞也不在意，尽心伺候就是尽心伺候，管人笑骂就不能说心虔了。

是以杜麻胡就更能喝了。每日大早头一离枕就有酒喝，入夜触枕黑甜，梦里应该还是有喝不完的佳酿。还不只在铺里喝，有时烂醉于途，数日不醒，旁人也不敢恣意惊动。醒了来，笑呵呵地问人："这是到了哪一日啦？"

一旦不省人事，便是两三天黑白无计，杜麻胡自己也觉得惭愧，老央求着人："赶下回我再醉了，天亮总得叫起。"可没有人敢叫，为什么不叫？敬他力大、畏他力大，如此而已，有什么道理？有道理也没人说得上来，方才不是表过了么？这敬畏，是个麻烦。

忽一夜，杜麻胡远远地从山里走下来，身边拽着个庞然巨物。他老人家倒是一边儿高声吆喝：

"人人敬你而远之，你有什么可敬？那是因为人怕；人人怕你而不识你，那是因为你力大；你力气能有多么大？能移山倒海？能翻天覆地？能颠今倒古？能起死回生？哇哈哈哈哈——"这话翻来覆去说了好几遍，待走近前，旁人看得几几乎喷出屎尿来，杜麻胡手里牵回来的，是一头吊睛獠牙白额金毛母大虫。

就这么喧声谈笑了一阵，杜麻胡居然倒在母大虫旁边睡着了。更奇的是，那母大虫也缓缓地掀了掀胡须、舔了舔嘴角、眯了眯眼皮，搂着杜麻胡作一堆睡了。

直到次日一早，方圆十里以内的老百姓都听说了，家家户户扶老携幼而来，远远地指点，窃窃地议论，可连襁褓中的婴孩都不敢惊声，仿佛都怕叫醒了麻胡，或是吓醒了大虫。日上三竿，杜麻胡先睁开眼了，一见众人环伺，脸上立时现了赧色，抢忙一骨碌翻身跳起，戳挲两下那母大虫，母大虫醒过来，回神看一眼四周鸦雀无声的众人，陡地发出一声怒吼，登时吓得老老小小惊狂骇叫，没命奔逃。

倒是杜麻胡猛可大喝一声，那金声玉振之势，远甚于虎威，一声喝罢，杜麻胡顺手挽起虎颈上的绳子，紧紧扯住，同时递出一脚，正踏在那母大虫的胁里，这一踏，竟把头刚要站起身来的大虫给蹬倒了—— 一头大虫，何啻千斤之重，吃他这一蹬就倒不说，眼见是再也起不来了，也不打算起来了，仿佛一头温驯的猫儿似的，掀了掀胡须、舔了舔嘴角、眯了眯眼皮，动也不动了。

“你这畜生！麻胡爷爷今儿放你回山，是看你有着孕，上天有不杀之德，你得牢牢省记！回去之后，不得再害人性命了，知道么？”

说也奇怪，那母大虫仿佛听得懂杜麻胡的教训似的，仰躺在地，点了点头；杜麻胡这才一松脚劲，让它站起身，抖擞抖擞肥大的身躯，向来路扬长而去。杜麻胡则似有不知所措的窘意，一时羞得满脸通红，抓耳挠腮一阵，朝渡口跑了。

尔后一连数日，送铺里不见杜麻胡的踪迹，酒肆里也不见。要在平素，谁也想不起他来，可与那母大虫在送铺前睡上这一夜，人们时刻都谈论着——杜麻胡成了个话柄。有说他是大虫星君转世投胎，酒喝得太多，道法沉沦，这回现了原形；有说他是个要巫弄幻的术士，双槐树同母大虫都是纸扎水噀的假物，日久必败，这一回光天化日看的人多，自惭露了破绽，只好走逃个颜面。

然而，再往下追问：现了原形又如何？大虫还吃人呢。露了破绽又如何？谁能说得上来破绽究竟在哪儿呢？毕竟是众人不能明白：这麻胡的能为如此之大，何以训诫了那大虫之后，反倒像做错了什么的一般。

人絮叨得久了、烦了，快要忘了之际，杜麻胡倏忽来到送铺门前，原先那一身军衣不见了，仅着一缕贴身的粗棉裤褂，两手提拎着两坛子怕不有几十斤重的老酒，吆喝着送铺里的邮卒："来来来，好酒从西域而来，不远万里而至，能喝一杯的喝一杯，能喝一口的喝一口，谁给去请驿丞大人到铺中走一趟，就说杜麻胡来辞行了。"

驿丞闻风立至，忙问"辞行"之说如何缘故。杜麻胡且不急着解说，但开了坛上封缄，只道香气冲鼻而来，缭绕不去，随风熏蒸——日后听说是连飞云浦也闻得了。这酒，是杜麻胡走了一趟西域带回来的。彼地人见他这一身军衣稀罕，强要了去，他便索了两坛八十斤蒲桃美酒而回，为的就是好让此间送铺里的同袍弟兄们痛饮一番。

要说五七日内跑了一趟西域，谁也不会相信，可身旁还杵着那两株片刻之间从六十里外栽来的大槐树，谁能唱个不信二字呢？再说这酒，实在是醇郁芬芳，连不解饮的都感觉到阵阵微醺酥人，于是你一盏、我一盏，就着黄昏夕阳、树影春风，喝了个开怀——众人也都忘了什么辞行的话。

直到月上枝头，坛底朝天，众人都醉满畅怀了，忽然之间，杜麻胡正色说道：

“我自是一身神力，本不该到处逞能露底，不过生来就是个担事的根性，想要改，是做不到的；就如这好酒贪杯的习性亦复一般，想要戒，也是戒不掉的。前些日上引来了老虎，却是罪过，无意间泄露了天机神妙，我的劫数就要跟着来了。诸君！听我临别一言：自我去后，诸君但请扪心自问：究竟什么是大力呢？大力毕竟不在你我之辈，我等所能，不过是尽心王事，各宜保育而已。切记、切记！”

第二天一大清早，众人纷纷醒来，彼此相呼，才发现杜麻胡再也醒不过来了。不消说，得由驿丞主其事，将丧葬之礼办过，尸首就埋在双槐树下。人们回思起来，那一番辞行之言，无人能解得通透。

直到大半年之后江神震怒，发了天水，官民百姓才看见什么是绝大气力。方圆百数十里间，除了郭栈地势较高、未及汩没之外，所有的宅第楼宇全都陷入了一片汪洋。水势极盛之时，有人看见浪头之上站着个老头儿，端着一只面盆儿，不住地从脚下舀水往溪中、江中泼洒，然而彼时浪涛稽天，谁还分得出哪儿是土地？哪儿是江河呢？更何况一只木盆能舀几合水？如此救洪，岂不是蚍蜉撼巨木，堪笑不自量吗？

大水渐退，放眼能见的活物只有送铺门前那双槐树，叶色嫩绿，鲜翠欲滴，而且远观之下，较之于发天水之前，似乎更加蓊郁苍劲了。有人说这双槐树的所在，就是那老儿舀水救洪之处——老儿不是别人，就是本地的福德正神呢。

人们看水退了，想起杜麻胡还埋在底下，来到树根前仔细一打量，可了不得了，丈许深的圹穴，居然教水淹得浮了起来，棺木离地表不过数寸之深。众人争议该如何重新殓葬，有人以为此墓所在不祥，为了看守墓穴，连土地爷爷都不得安宁，索性将棺椁抛入江中，放水逐流省事。最后还是驿丞拿了主意，他说：“邮卒既死，安葬入土，这不是私事，是公事，也是王事；尔等百姓视之为遣发不祥，我却视之为惜生保育。”

柩木要重新打理，尸首也暂且搬出，这才教人益发称奇起来——杜麻胡的肉身居然不坏，爪发须眉一如生前那般戟指刺张，一身肌肤更好似坚皮韧革，顽皮的孩童上前拿槐树枝敲敲，居然发出“膨膨胴胴”的声响，仿佛鼙鼓似的。

一叶秋·之六

我祖家五代以来的老太太们都强悍，老奶奶的妹妹——也就是我曾祖母——没有见鬼的本事，可所有从高祖母到老奶奶口传或亲见的那些个故事，都是由她考订、正本，再一笔一画地用蝇头小楷抄写下来的。就连“一叶秋”三字，也出自她老人家的主张。

她说：“多么小小不言之事，都得有大眼界看得。”口气的确不亚于程朱陆王那些个大老师。

根据我奶奶的回忆，曾祖母最爱说的是松陵李正的故事。李正是个渔夫，住在一个偏僻的小港湾里。一天傍晚，他捕了些鱼，买了点酒，一个人喝起来。不多会儿，有条影子晃到门外。李正斜里睇了眼，问道：“有客，打哪儿来啊？”那人说：“我不是阳世的人，是个鬼，死在这条溪里很多年了。看你一人独酌，酒虫儿闹祟上来，想讨一杯吃。”李正笑道：“想喝酒，何必一杯呢？就坐下来罢。”水鬼便坐下来和他对饮。一人一鬼，相视无言，居然喝过了大半夜，酒也喝完了。鬼起身告辞，李正当然也不方便留客。

此后，每回水鬼来，自往客位上一坐，与李正对饮数刻，酒喝完便走。有一天，水鬼忽然对李正说："明天，代替我的人就要来了，是个驾船的。"次日，李正在河边等着，果然有个人驾着船来了，却没有任何变故。到晚上李正备酒，见水鬼又来了，遂问道："怎么没让他代了呢？"水鬼叹了口气道："那个人小的时候父母死了，他得抚养他弟弟。我若是把他害死了，他弟弟怎么活？算了罢。"

又过了半个月，水鬼又说替他的人来了。果然有个人到岸边来，转了几圈又走了。李正问那水鬼：为什么又放过了。鬼说："这人堂上还有老母无靠，我怎么能害他呢？"过几天，水鬼喜孜孜地对他说："明天有个妇人来替我，这一回，我是非要投胎去不可的了。今番，是特地来拜别的。"到了第二天晚上，李正看见一个妇人站在岸边，逡巡顾盼，时而涉水想投河，结果还是上岸走了。过不多时，水鬼又来讨酒喝，李正诧异极了，问道："怎么又放过一个？"水鬼道："老天爷有好生之德，这妇人刚怀了孩子，害了她，就是两条性命。我是个男人，淹死了这么多年，还找不到一条生路，何况她还带着孩子呢？”说话间，泪水流了下来。

不料才又过了两天，水鬼穿着大红袍，戴着官帽，腰缠玉带，领了一大群喳喳呼呼的随扈，来与李正告别，道：“老天爷怜恤我心存一点慈爱，下诏封我做这里的土地神，日后领取些个血食，倒是可以回请老兄你了。”说完，一揖而去。

我曾祖母说这故事：“得一个慈字。”老太太们，就是这样存心。

柒·野婆玉

世上厉害的东西很多，
其中之一是老太太。

世上厉害的东西很多，其中之一是老太太。有的族类或怪物长得像老太太，在乡野故事里头，也多半儿很厉害。

宋人周密（1232—1298）字公谨，号草窗，又号四水潜夫、弁阳老人、华不注山人。祖籍济南（今山东济南），流寓吴兴（今浙江湖州）。能诗词书画。其词远祖清真，近法姜夔，讲究格律，风格清雅秀润。词集名《蘋洲渔笛谱》、《草窗词》。虽说没什么独到而深刻的思想和情感，但是读来清隽可喜：

高阳台·送陈君衡被召

照野旌旗，朝天车马，平沙万里天低。

宝带金章，尊前茸帽风欹。

秦关汴水经行地，想登临、都付新诗。

纵英游、叠鼓清笳，骏马名姬。

酒酣应对燕山雪，正冰河月冻，晓陇云飞。
投老残年，江南谁念方回？
东风渐绿西湖柳，雁已还、人未南归。
最关情、折尽梅花，难寄相思。

瑶花慢

朱钿宝玦。天上飞琼，比人间春别。
江南江北，曾未见、谩拟梨云梅雪。
淮山春晚，问谁识、芳心高洁。
消几番、花落花开，老了玉关豪杰。
金壶剪送琼枝，看一骑红尘，香度瑶阙。
韶华正好，应自喜、初识长安蜂蝶。
杜郎老矣，想旧事、花须能说。
记少年、一梦扬州，二十四桥明月。

玉京秋

烟水阔。高林弄残照，晚蜩凄切。

碧砧度韵，银床飘叶。
衣湿桐阴露冷，采凉花、时赋秋雪。
叹轻别。一襟幽事，砌蛩能说。
客思吟商还怯。怨歌长、琼壶暗缺。
翠扇恩疏，红衣香褪，翻成消歇。
玉骨西风，恨最恨、闲却新凉时节。
楚箫咽。谁倚西楼淡月。

曲游春

禁苑东风外，飏暖丝晴絮，春思如织。
燕约莺期，恼芳情偏在，翠深红隙。
漠漠香尘隔。沸十里、乱丝丛笛。
看画船，尽入西泠，闲却半湖春色。
柳陌。新烟凝碧。映帘底宫眉，堤上游勒。
轻暝笼寒，怕梨云梦冷，杏香愁幂。
歌管酬寒食。奈蝶怨、良宵岑寂。
正满湖、碎月摇花，怎生去得。

周密还是一位博闻广记的学者，他的《齐东野语》内容包罗万象，在此书卷七有“野婆”一则，先抄录于下：

邕宜以西南丹诸蛮，皆居穷崖绝谷间，有兽名野婆，黄发椎髻，跣足裸形，俨然一媪也。上山下谷如飞猱，自腰以下有皮累垂盖膝若犊鼻，力敌数壮夫，喜盗人子女。然性多疑、畏骂，已盗，必复至失子家窥伺之。其家知为所窃，则积邻里大骂不绝口，往往不胜骂者之众，则挟以还之。其群皆雌，无匹偶，每遇男子，必负去求合。

尝为健夫设计，挤之大壑中，辗转哮吼，胫绝不可起，傜人集众刺杀之。至死，以手护腰间不置。剖之，得印方寸，莹若苍玉，字类符篆不可识，非镌非镂，盖自然之文，然亦竟莫知其所宝为何用也。周子功，景定间使大理，取道于此，亲见其所谓印者。

此事前所未闻，是知穷荒绝徼，天奇地怪，亦何所不有？未可以见闻所未及，遂以为诞也。《后汉·郡国志》引《博物记》曰：“日南出野女，群行不见夫，其状皦且白，裸坦无衣襦。”得非此乎？《博物记》当是秦、汉间古书，张茂先盖取其名而为志也。

在进入这一条记载内容之前，先说说《齐东野语》这个书名。此四字原本出于《孟子·万章上》：“此非君子之言，齐东野人之语也。”取以为书名，或许是出自作者周密的谦逊，不过他自己在“野婆”这一条的内文之中，就已经很是用力地为传述怪奇之事作了辩驳，所谓：“未可以见闻所未及，遂以为诞也。”甚至，他举周子功为人证，引《博物记》为文献，在在都要说明：如此荒唐的传闻是真实存在的。

周密可能没有读过祝铁林的《日南札丛》。祝铁林，字贞夫，世居襄阳，生卒年不详，但是从著作的内容上看，应该是宋末到元初之间而稍晚于周密的人。此书所谓“日南”，以及“野婆”一条里“日南出野女”的“日南”，一般以为是一个泛称，意思就是国境之南，可是细读祝书，实则并非如此，恐怕就连《博物记》里那句诗也不是这个意思。

先说祝铁林。他在《日南札丛》的弁言里这样说：“至元庚寅十一月朔，日南至，余始撰此卷。大德庚子完篇，都十二卷，亦逢日南至，故名。”

这一段文字是在交代作者开始写这本笔记的时间，从元世祖至元二十八年（1291 年）到元成宗大德四年（1300 年），也就是说祝铁林花了九年的时间写成一部笔记，巧的是开始和结束都在同样一个日子：“日南至”。

“日南至”由来甚早，在春秋时代应该就有这个名词了。《左传·僖公五年》：“春，王正月，辛亥朔，日南至。”杜预注：“周正月，今十一月，冬至之日，日南极。”用“日南至”这个名词来表示“冬至”，一直到唐宋之间还很平常。韩愈的《息国夫人墓志铭》乃至于《旧唐书·太宗纪》中都有这个词儿。

不知道是不是出于对这样一个昼极短、夜极长的日子有一种特别的情感，连笔记的内文都有一则“日南至野女出”：

野女又名奔媪，出邕西，日南至则群现于村家，现则掳小儿归抚之。或谓掳儿者，声言击东，实击其西也。盖意在男子，故掳小儿去，令父兄追之，入丘壑，各逸走，迷踪迹，向晚不能出，众媪复至，迫与合，乃有昼短苦夜长之叹。

这一段话含藏着幽默的趣味，一方面将野女的巧智机谋刻画得既简洁又生动，另一方面也将邕西地方这些男子受到形貌丑陋的野女性侵害的苦处点染得谑而不虐。值得稍微说明一下的是前几句：

野女又名奔媪，出邕西，日南至则群现于村家，现则掳小儿归抚之。

往往因为原作没有标点，而可能被点断成：

野女又名奔媪，出邕西、日南，至则群现于村家，现则掳小儿归抚之。

所以元代另一部笔记《静斋类稿》的作者孔齐就在转录时这样写：

野媪，出邕西日南之地，群现于村家，掳小儿归抚之。

这就干脆把“日南”误会成邕西地方的一个所在了。事实上，邕西是指邕江以西，在今广西省邕宁县的西南，这条江和同名而较小的邕溪都直接流入郁江，算是郁江的源流。但是综观邕江、邕溪乃至于整个郁江流域来看，并没有一个叫作“日南”的地方。

不过这个点断上的误会并没有妨碍孔齐对野女的观察和描述，我们只能猜想：除了没有仔细读过《左传》和《旧唐书》、不知道“日南至”为何物之外，孔齐应该还参考了《日南札丛》以外的资料或传闻，因为他对野女还有进一步的细节描述。

接下来就是一个由孔齐所记述，但是并未注明出处的片段。

有一次，野媪又来攘夺村人的孩子，那些个追逐野媪入山的男子知道这是故技重施了，相互警告说：“等歇入山之后，两三人编为一伍，千万不要落单，为其所乘！”

在这些追赶野媪的人里面，有一个年轻英俊的男子，名叫解昌，是房州人，因为犯了法，被发遣到这里来。他面貌体态原本就和在地的土著不同，显得十分出色，土著也嫉妒他容色俊秀，风姿不凡，一直想让他吃点苦头。所以当众人追赶野媪入山之后，两三人成一小组，各自潜入密林深处，偏偏闪下了解昌。

林中天色暗得比平时要快，不多一会儿工夫，几乎就伸手不辨五指了。解昌一心要救那邻家的孩子，只追着啼哭之声而行，并没有留心于来时的路径，等发现时辰已晚，才忽而察觉：那啼哭之声根本不是邻家小儿所发出来的，哭的人还不止一个，哭声瞻之在前、忽焉在后，到后来甚至八方四面，号啕震耳，解昌知道：自己已经陷入重围之中了。

“既来之，则安之！我并不畏惧你们这些个畜生。不过解昌是个读书人，士可杀、不可辱，你们要是胆敢对我无礼，我就纵身跃入万丈深谷。”

解昌知道这些野媪最怕诟骂，但凡恶言以对，厉声相陵，往往会逼得她们掩面蔽耳、踊身跃足，一溜烟儿似的逃窜——可在村里这么围着骂的时候，往往是仗恃人多势众，然而如今形势大是不同，他孤军深入，四下无援，这样喊叫了一阵之后，却见林子里鬼影幢幢，在较低的枝叶丛间到处闪烁着晶晶点点的睛光。

就这么喊过几遍之后，林子里传来了怯生生的话语，像是有那么一个野媪鼓足了勇气同另一个野媪说："这东西是人是鬼？若是鬼，居然能口操人言，说起话来罡风肃飒，略无啁噍之态；若是人，怎么生得如此丑怪可怖？一身皮肉白如薙毛之猪，唇染比血红，眼大似铃，隆准如鹰，其声宏轰，震耳欲聋。世间怎么会有这么丑陋的东西？"

解昌闻听此言，心下忽而转出一计，接着更刻意昂声说道："想我解昌，远从京西南路被罪而来，此生恐将终老于此。然土人见我如此丑怪，无有稍假辞色者，可怜我偌大年纪，还没有亲近过什么冰肌玉肤俏佳人，看来孤寡之命无尽，好合之礼难谐；无如在这荒山野林之中，随意捉取个山精树怪之类，完遂好事，以敦人之大伦罢了！”

说完，虎起脚步，便假意朝密林之中那一双双眼睛踱了去，逡巡而东，似乎不甚满意；复逡巡而西，又不甚满意。就这么一来一回之间，早已惊得野媪们无处乱窜，但听草叶娑娑，夹杂着一阵阵珠玉琳琅之音，还间歇传来有些野媪叫唤着：

“士君子读圣贤书，不欺暗室！士君子读圣贤书，不欺暗室！”不过几数息的工夫，就全没了踪影——这时，解昌才听见林木深处，果真有那邻家的孩子嘤嘤的啜泣之声。

解昌循声前去找那孩子的时候，居然别有所见：原来方才那一阵珠玉琳琅，又是野媪们的声东击西之计。大约是想要顺利逃走，免得遭到解昌这丑八怪肆虐，于是野媪们都把自己身上最珍贵的东西掏出来扔在草木之间，在如此昏黑的夜色之下，居然个个儿闪炽着晶莹灿烂的光芒。解昌尽力捡了，脱下衣衫捆扎包裹起来，回下处一数计，大约有好几百颗。他在当地找了个兑银铺，要卖其中一颗，那银铺掌柜的一把攥住，对解昌说：“客官可别翻悔——这玉石归我，这铺子归你了。”

这是我所知道的结局最完美的性侵害未遂案。

一叶秋·之七

解昌的后人一路发财带做官，子孙繁茂，富贵兼得，一路发达到明末，出了个叫解寿山的后人。

明万历二十七年己亥，解寿山才十五岁，上关帝庙凑热闹，看人扶乩。关圣帝君下乩显灵，忽然调动盘中沙笔，说要给这少年批命，一言既出，随即于盘中走沙书曰："官至都堂，寿止六十。"解寿山随后果然登第，一路扶摇直上，做到巡抚——明代常以副都御史出任巡抚，而副都御史也好、上一级的都御史也好，都尊称"都堂"。关圣帝君的预言算是准了一半儿。

后来清人入关，这巡抚降了，官不加迁，却保住了身家和禄位，寿数真如其名，可譬南山，已经混到八十。这垂垂老矣的贰臣偶然间来到关帝庙，正逢关圣帝君又临坛，猜想自己有阴德，才能延年如此。于是跪地请曰："弟子的官爵已经如帝君所说，帝君灵验，只不过年岁已经过了六十，这难道是因为修寿在人，而神明已有所不知吗？”关圣帝君当下在沙盘上降书写道：“某平生以忠孝待人，甲申年（按：即是明、清易鼎之年）那一场变故，你自己不死，与我什么相关？”屈指算来，那一年，崇祯殉难，正是解寿山该死不死的六十岁。

回头看这关帝庙的源起，那是解寿山出生的同一年，万历十二年，也是岁在甲申，原是个名叫廖明的道士募钱所盖。关老爷塑像开光之日，乡城男女蜂集拈香。忽然来了个无赖，昂然坐在供桌上，指着武圣金身大骂不止。这是恐怖分子行径，众善男信女无可如何，正愁烦着，廖明道：“别管他！听任他爱干啥干啥，之后必有报验！”没过一会儿，这无赖忽然大叫肚子疼，盘滚在地，不能自已，片刻之后就死了。死时七窍流血，甚为惨厉。善男信女大为惶骇，因之一传十、十传百，都道关圣帝君灵验，香火由是而鼎盛。

过了些年，忽而传出有个地痞到官府里自首，说是关帝庙的案子另有内情。原来前些年那无赖之所以轻慢关帝，乃是廖明教唆使然，廖明事前给那无赖喝了鸩酒，无赖自己不知道，同谋诱之入彀的地痞因为与廖明分香油钱要求加码不遂，把这事咬出来了。从此那关帝庙香火一蹶不振。

有意思的是：同一座关帝庙，其隆污毁誉，悬殊如此。关圣帝君其验乎？其诬乎？还是个谜。“善决大疑”者可信吗？倒是我祖家的老太太们一向这么说：神灵，是因为人灵；人不灵，泥巴灵什么？

捌·杨苗子

失物既然有来历，
自然有去处。

明人瞿佑有《归田诗话》三卷，其中有这么两条提到张光弼，一条题曰“歌风台”：

张光弼，庐陵人，至正间，为浙省员外。张氏专擅，弃位不仕，以诗酒自娱，号一笑居士。有诗云：“一阵东风一阵寒，芭蕉长过石阑干。只消几度瞢腾醉，看得春光到牡丹。”盖言时事也。一日，作《歌风台诗》，乘醉来过，为予朗诵之。诗云：“世间快意宁有此，亭长还乡作天子。沛宫不乐复何为，诸母父兄知旧事。酒酣起舞和儿歌，眼中尽是汉山河。韩彭诛夷黥布戮，且喜壮士今无多。纵酒极欢留十日，慷慨伤怀泪沾臆。万乘旌旗不自尊，魂魄犹为故乡惜。由来乐极易生哀，泗水东流不再回。万岁千秋谁不念，古之帝王安在哉。莓苔石刻今如许，几度西风灞陵雨。汉家社稷四百年，荒台犹是开基处。”盖得意所作，豪迈跌宕，与题相称。又尝作唐宫词数首，为予诵之。中间云：“可怜三首《清平调》，不博西凉酒一杯。”予曰：“太白于沉香亭应制，亲得御手调羹，贵妃捧砚，力士脱靴，不可谓不遇，何必‘西凉酒一杯’乎？”光弼亦大笑。尝曰：“吾死埋骨西湖，题曰‘诗人张员外墓’足矣。”后亦如其言。

另一条，题曰“光弼诗格”：

张光弼诗：“免胄日趋丞相府，解鞍夜宿五侯家。玉杯行酒听春雨，银烛照天生晚霞。世乱且从军旅事，功成须插御筵花。汉王未可轻韩信，尚要生擒李左车。”又云：“西楼柳风吹晚凉，石榴裙映黄金觞。纤歌不断白日速，微雨欲度行云凉。笑看席上赋鹦鹉，醉听门前嘶骕骦。早晚平吴王事毕，羽书飞捷入朝堂。”盖时在杨完者左丞幕下，故所赋如此。又云：“蛱蝶画罗宫样扇，珊瑚小柱教坊筝。”又云：“玉瓶注酒双鬟绿，银甲调筝十指寒。”又云：“新妆满面犹看镜，残梦关心懒下楼。”多为杭人传诵。其一时富贵华侈，尽见于诗云。

上文第二条中提到的杨完者，是元代末季统据南疆苗族的一个军阀，《明史》中的记载寥寥数笔，多说他生性残暴。在《明史·列传第十四》李文忠等人的传中亦曾提及，这里先把李文忠的来历说一说：

李文忠，字思本，小字保儿，盱眙人，太祖姊子也。年十二而母死，父贞携之转侧乱军中，濒死者数矣。逾二年，乃谒太祖于滁阳。太祖见保儿，喜甚，抚以为子，令从己姓。读书颖敏如素习。年十九，以舍人将亲军，从援池州，破天完军，骁勇冠诸将。别攻青阳、石埭、太平、旌德，皆下之。败元院判阿鲁灰于万年街，复败苗军于於潜、昌化。进攻淳安，夜袭洪元帅，降其众千余，授帐前左副都指挥兼领元帅府事。寻会邓愈、胡大海之师，取建德，以为严州府，守之。

苗帅杨完者以苗、獠数万水陆奄至。文忠将轻兵破其陆军，取所馘首，浮巨筏上。水军见之亦遁。完者复来犯，与邓愈击却之。进克浦江，禁焚掠，示恩信。义门郑氏避兵山谷，招之还，以兵护之。民大悦。完者死，其部将乞降，抚之，得三万余人。

但是在陶宗仪的《南村辍耕录·卷八·志苗》记载就很不一样了：

杨完者，字彦英，武冈绥宁之赤水人。王事日棘，湖广陶梦祯氏举师勤王，闻苗有众，习斗击，遣使往招之，由千户累阶至元帅。……完者取道自杭，所统苗獠侗傜等，无尺籍伍符，无统属，相谓曰“阿哥”，曰“麻线”，至称主将亦然。喜着斑斓衣，制衣袖广狭修短与臂同，幅长不过膝，袴如袖，裙如衣，总名曰“草裙”、“草袴”。固胆以兽皮，曰“护项”。束腰以帛，两端悬尻后若尾状。无间晴雨，披毡毯。军中无金鼓，杂鸣小锣，以节进止，其锣若卖货郎担人所敲者。夜遣士卒伏路，曰“坐草”，军行尚首功。

杨完者所率领的苗军是元代捍卫江南的主力部队，曾经多次同张士诚、朱元璋的部队遭遇，杀伐激烈。后来便是因为军功升了官，成为江浙行省左丞。

罗贤佑所写的《元代民族史》里就这样描述："元末史籍中固然有苗军镇压起义活动的记载，但更多的则是这支军队如何残破地方的事件。"罗贤佑引《元史·卷一四〇·达识帖睦迩传》："苗军素无纪律，肆为抄掠，所过荡然无遗。"《元史·卷一四四·福寿传》："苗蛮素犷悍，日事杀掠，莫能治。"以及《元史·卷一八八·迈里古思传》云："苗军主将杨完者在杭，纵其军钞掠，莫敢谁何，民甚苦之。"又引《梧溪集·卷三·朱夫人有序》："至正十六年，上海陷，苗军复县，大掠。"即使在陶宗仪的笔下，嘉兴城经杨完者苗军之乱后，也有"城中燔毁者三之二，民遇害者十之七"的实录，是以罗贤佑在这部《元代民族史》中提出了一个观察：

可见在天下纷乱的元代末年，杨完者所率苗军不仅是元统治者用来镇压农民起义的工具，同时也成了破坏元朝统治秩序的一股力量。

嘉兴地方上乃有这样的民谣，至今仍流传着文字记录：“死不怨泰州张，生不谢宝庆杨。”张，指张士诚；杨，说的正是杨完者。

和李文忠比起来，杨完者残暴吗？起码他没有将敌人的脑袋割下来，满满堆置在大木筏上，吓得敌人胆裂魂飞罢？

《明史·列传第十四》对于李文忠倒是称誉有加的，庶几可谓一完人：

文忠器量沉宏，人莫测其际。临阵踔厉风发，遇大敌益壮。颇好学问，常师事金华范祖幹、胡翰，通晓经义，为诗歌雄骏可观。初，太祖定应天，以军兴不给，增民田租，文忠请之，得减额。其释兵家居，恂恂若儒者，帝雅爱重之。家故多客，尝以客言，劝帝少诛戮，又谏帝征日本，及言宦者过盛，非天子不近刑人之义。以是积忤旨，不免谴责。

十六年冬遂得疾。帝亲临视，使淮安侯华中护医药。明年三月卒，年四十六。帝疑中毒之，贬中爵，放其家属于建昌卫，诸医并妻子皆斩。亲为文致祭，追封岐阳王，谥武靖。配享太庙，肖像功臣庙，位皆第三。父贞前卒，赠陇西王，谥恭献。

文忠三子，长景隆，次增枝、芳英，皆帝赐名。增枝初授勋卫，擢前军左都督。芳英官至中都正留守。景隆，小字九江。读书通典故。长身，眉目疏秀，顾盼伟然。每朝会，进止雍容甚都，太祖数目属之。十九年袭爵，屡出练军湖广、陕西、河南，市马西番。进掌左军都督府事，加太子太傅。

但是在今日江南於潜、昌化一带流传的民间故事里，李文忠和杨完者是完全对反的角色。这样的故事指称李文忠是“李将指”，杨完者是“杨十二秀”。将指，在脚是指大趾，在手是指中指，李文忠两手将指极长，乃有这个外号。至于杨完者是不是因为大趾排行第十二而称“十二秀”者，实不能考。

且说李将指授帐前左副都指挥兼领元帅府，发兵大掠建德，掩有严州之地，遂派遣手下皂吏郑八携带了五万两白镪远赴京师，途中借宿于一座名为水碧寺的古庙，专为贮银，封下一间禅房，扃锁严密，还加派人丁巡护看守，以为万无一失的了。未料到了第二天一大清早，开门一看，禅房之内片物不留，果真是诸法皆空。可是门窗紧闭，锁钥也完全没有破坏的痕迹。郑八心里狐疑，嘴上却无话可说，硬着头皮回去向李将指复命，李将指这一天正赶上后宅之中出了事——一个夜来伴眠的小妾早上一起床，发现满头的青丝散落一床，头皮上只剩下寸许长的发根，乡人称这叫“夜叉缚”，得晦气一整年，正为此哭闹着呢——李将指给闹得烦乱，没有心思过问这银两遇盗的枝节，只哼哼两声冷笑，撂下一句话：“丢了就赔罢！”

郑八道：“赔，是一定要赔，也不敢不赔的；可此事甚为蹊跷，能否请元帅宽限一月，容小人四处查访，踪迹其故——小人愿以妻子为质，但求元帅开恩。”李将指答应了给假半月，郑八于是乔装成一个货郎，急慌慌地登程沿原路重走一趟。这一回自然是耳目开张，八方听看，不时追觑着大街小市之上的尴尬人儿。

就在快要到那水碧寺之前不远的镇郊之地，不巧下起雨来，若说径自赶赴寺中避雨，少不得遗漏些该当留神观望的痕迹；若说不赶路，看似就得淋一个落汤鸡。正踌躇着，但见身旁一人疾行而过，行过五七步开外忽而回了头，居然是个瞎了双眼的老者，拿一双白翳翳的眼珠子朝郑八瞅了瞅，也就在这个当儿，郑八瞥见老瞎子胸前挂着一张薄木板，上书四个大字："善决大疑"。

郑八看了，心一动，暗道：这瞽叟若只是个寻常的相士，怎么会在镇郊之处向野地慌忙赶路呢？此念一出，随即对瞽者喊了一声："老人家，能决什么样的大疑呀？"

瞽者闻言一笑，道："生死成败贫富高低，凡是有不能知不能定而不可妄言者，都是大疑了。"

郑八听他吐属不凡，继续问道："丢失了银钱，想要访个踪迹，算是大疑否？"

“若是己之所有，失之于人，丢了就叫旁人用讫了，有何可疑？还决什么呢？若是人之所有，为己所失，倒是该尽监守之责，问一个水落石出罢！”老者一面说，一面捋着花白的胡子，那一双翳白的眼珠子，仿佛早就看穿了郑八的心事。

郑八闻言一凛，上前一揖，悄声言道：“实实不敢相瞒，是上官所有的一笔银两，要解往京师去的，老人家如果知道些许草蛇灰线，或可以助我一访下落。”

瞽者一皱眉，道：“怎么，是你上司的银子？”

“是！”

“不是旁人的？”

“非也！”

“是你上官的？”瞽者又沉声问了一遍。

“是也！”

瞽者点了点头，说：“我稍稍知道些踪影，你随我来，或可以访得。”

说完，头也不回地朝前走了。这一走，风里雨里的也得跟着。郑八随在瞽者那佝偻的身形之后数步之遥，走了一天一夜，其间不吃不喝不眠不息，过了不知多少山林溪谷，之后才偶尔得一休憩，喝点儿泉水解渴，拾些野果充饥。足足三日夜下来，亭午时分，终于来到一个偌大的市集，瞽者才回头说："到了！你到集子上去，自然会有消息。"扭头自去，转瞬之间没入了人群之中。

郑八转身四下里一打量，但见市集之上肩摩毂击，驴马鼎沸；街巷两侧万瓦鳞次，老幼喧呶。忽然面前晃过来一人，手打亮掌凑近他一端详，道："你，不是此间之人。"

郑八连忙打个躬，道："在下莽撞来此，为的是寻一批失物。"

"丢了东西？"那人一歪嘴，笑了。

"是——"郑八一沉吟，决意还是吐实的好："是银两。"

"你的？"

"是在下上司的。"

这人嘴又一歪，道："怎么，是你上司的银子？"

"是！"

“不是旁人的？”

“非也！”

“是你上官的？”这人又沉声问了一遍。

“是也！”

“既然有来历，自然有去处！”这人话才说完，拧身便朝人丛之中窜去。郑八抢忙跟上前去——这一回他放聪明了，目不转睛地盯着眼前这人的背影，算是亦步亦趋、尾随而进。曲曲折折行过几条街，来到一所大宅子前面，观此宅闳伟壮丽，有如王宫居邸，可一步步走进去，升阶到堂，居然阒无人迹。先前那人又跟先前的瞽者似的，一溜烟儿也不见了。郑八想着在李将指府里作质的妻儿来，也顾不得这一身安危了，大起胆子来朝里撒腿一奔，直入后堂。

后堂之中果然有究竟！

原来这后堂之上除了一张旧卧榻，什么也没有，倒是榻上端坐着一个汉子。此人虽然是盘膝坐着，个头儿却要比郑八还高出许多，一头长发披散过腰，榻旁有一童子执扇而拂之，看是伺候这伟丈夫纳凉。

伟丈夫大约是听出有人闯入，微微睁了睁眼，道：“来者是客，客来必然有事，就直说了罢！”

“在下乃左副都指挥兼领元帅府郑八，因解送银两入京遇盗，以妻儿为质，向元帅请命出访踪迹，间关至此，请阁下高抬贵手——”

底下的话说不下去了，原因很简单，郑八尾随前头那两人而来，根本不知道对方是贼、是证，单单“高抬贵手”还说得过去，可是接下来是逼人家还银子呢？还是求人帮衬找寻呢？可就真为难了。

倒是这伟丈夫爽利，随即一点头，跟身旁童子使了个眼色，童子立时去了，不多会儿唤进四条精壮汉子，抬了几个贴满封识的大木箱进来，郑八一眼认得，就是日前丢失的那五万两银子里的一部分。

伟丈夫道：“听说是你上司的银子？”

“是！”

“不是旁人的？”

“非也！”

“是你上官的？”伟丈夫又问了一遍。

“是也！”

“想把银子要回去？”

“那就太好不过了，可在下不敢说。”郑八索性扑身跪倒，叩头如捣蒜。

“初来乍到，一定也累得慌了，且歇息歇息去罢！”话才说到这儿，立马有人从外边儿进来，将引着郑八过了跨院儿，来至另一所园子之中，自然别有厅房，布置得却比先前那后堂来得缛丽整洁，随即伺候上盥洗匜盆巾栉，以至于枕衾被褥，都十分精雅细致。接着，居然还端上来一整席的酒菜饭食呢。吃饱喝足，另有仆从前来请安问寝。郑八可急了，忙问：“我那银子呢？”

“明日十二爷自会有安置，客人安歇了罢。”仆从说完，掩门而出，郑八知道已经入人彀中，也不敢妄图异动，干脆倒头大睡，但闻院落深处不时传来些扑簌簌儿、扑簌簌儿的祟动，既不似松涛，又不像雨叶，所幸声音沉滞凝重，并不刺耳，一会儿听习惯了，反而有一种击节严整之感，不多会儿倒催人愈向深处眠着了。

一夜无话，天亮前却早早醒了。郑八起身出门，但见四下里仍像夜来初入门院之时那样安静，于是信步逛了逛——孰料不逛则已，一逛却逛着了不该看见的：这跨院儿里有一面粉墙，墙这边无何异状，偏偏郑八贪奇，猛然间想起前晚那阵阵的响动，像是从间壁院落之中传来，于是纵身跳上墙头，向对过一张望，才看了一眼，几几乎栽下来。

原来对过也有一片厅房，廊下张挂着无数串生人的耳鼻，每索约有百数，满廊何止数百索？那些耳鼻俱已风干，远观之，若风铁然——就差没有玎玲哐当的响声而已。

吃这一惊吓，郑八浑浑噩噩地什么也不敢说、不敢问了。回程是让人用四匹快马拉着一辆朱辂大车给载回元帅府的。李将指仔细一盘问，郑八才回过神来，想想在那墙头发呆打怵之后，究竟还撞见了什么，却怎么也想不起来了，好容易支支吾吾摸到胸前一封硬物，扯出来一看，是封题写给李元帅的信。李将指连忙拆开一看，不过是寥寥数语：

副帅贪得无厌，宦囊所藏，皆民脂也，今取之于水碧寺，施之于江南北，君勿复问——盖夫人断发事容不忘也。

书信的下款落的是：“苗子阿哥杨十二秀”。

一叶秋·之八

解寿山的故事说来既不是称道关圣帝君忠义盖世，也不纯然是讽刺贰臣没有殉国的担当。在我祖家，这个故事另有“老太太们的用意”。

我曾祖母也是那句“熟了人情生了官”的信徒，以为人一旦踏入公门，心性就会产生根本的变化，谓之“杀四门”。四门者，“是非”、“成败”、“功过”、“荣辱”也。平居为民，无论是穿金戴玉的膏粱子弟，还是苦耕力织的庄稼男女，除了天生所有、自然而然的情感之外，并无任何“非分”的用心；可只消当一天官，那是非心、成败心、功过心、荣辱心就会有如万斛泉源，淹没人的天真。解寿山的例子还不是很明显，接着她又说起一个古人，是明末清初时的一个贰臣，叫龚鼎孳。

龚鼎孳的妻子是秦淮名妓顾眉，字眉生，人称横波夫人，与柳如是、李香君、董小宛等人齐名。有这么一个传闻：崇祯死后的第二年，柳如是劝钱谦益殉国，钱托词“水冷”不跳，但是钱氏此后散尽家财，资助郑成功反清复明的事业，也算得是强留有用之躯，聊酬不死之耻了。可是龚鼎孳却等而下之，《明季北略》上说他：“每谓人曰：‘我原欲死，奈小妾不肯何。’”这小妾，指的便是秦淮名妓顾横波。龚鼎孳自己不能殉节，更诿其贪懦于小妾，在我祖家的老太太们看来，这是恶劣之极的事。

“一叶而知秋，要从这些贰臣身上看更明白——”我曾祖母说。

解寿山、龚鼎孳这些小段子原来都是铺垫，她要说的其实是另一个明末清初的降臣，洪承畴。

洪承畴降清之后，南方小朝廷都传言他已经殉难，顺治皇帝也担心他的归顺只是一时不能忍死，会忽然间想不开而寻了短见。但是在召见入宫的时候，多尔衮忽然和顺治咬耳朵：“但请圣上宽心，这洪承畴死不了的！”

“何以见得呢？”

“方才这洪承畴在殿外候旨，殿梁上落了些灰下来，恰好落在他肩膀上，我看他赶紧把那些灰掸拂了去。一个人爱惜衣服之体面如此，怎么舍得死？”

“掉个脑袋能疼多大一会儿呢？”老太太笑了，跟我奶奶说：“人疼的不是脑袋，是活着的时候那点儿威仪、那点儿干净、那点儿像模像样的体面。放不开这么点儿，他能勘得破生死吗？不能的！他就一辈子闷在‘四门’里了。”

玖・老庄观

天人之机，甚为深邃，
福善祸淫，理之必然。

宁古塔是清代宁古塔将军治所和驻地，是清政府设在盛京（沈阳）以北统辖黑龙江、吉林广大地区的军事、政治和经济中心。清太祖努尔哈赤于1616年建立后金政权时在此驻扎军队。地名由来传说不一，据《宁古塔纪略》载：相传兄弟六人，占据此地，满语称“六”为“宁古”，称“个”为“塔”，故名“宁古塔”。

踏查宁古塔古城，原在今海林县旧街古城村附近，清太宗皇太极建国号大清后，任命吴巴海为镇守宁古塔副都统，前后共有七十三任。由于宁古塔处于边塞要冲，光绪九年（1883年）另设钦差大臣一员，此员为吴大澂，是清末洋务派著名人物。

早期，宁古塔的辖界在顺治年间十分广大，盛京以北、以东皆归其统。随着设厅，疆土逐渐减少。作为国防重镇的宁古塔，是向朝廷提供八旗兵源和向戍边部队输送物资的重要根据地，也是十七世纪末到十八世纪初，东北各族向朝廷进贡礼品的转收点，因此与盛京齐名。

顺治十五年（1658 年）六月十四日，清廷规定挟仇诬告者流放宁古塔。于是从顺治年间开始，此地成了清廷流放人员的接收地。

被遣戍此间的人——今称流人——能生还的极少，大部分都客死该地。清代，不少流人在历史上颇负盛名。他们当中有郑成功之父郑芝龙、文人金圣叹的家属、著名诗人吴兆骞（汉槎）、思想家吕留良的家属等等。被流放者的到来，传播了中原文化，使南北两方人民的文化交流得以沟通。流民的涌入改变了当地以渔猎为生的原始生活方式，教他们种植稷、麦、粟、烟叶，采集人参和蜂蜜，使农业耕作得到发展。

老庄者，顾名思义，是早在流人来到之前，就已经形成的聚落，他们之中有汉人，也有肃慎人、挹娄人、勿吉人，还有的被称为黑水靺鞨，有的被称作野人女真。曹大户的祖上就有黑水靺鞨，佃人叫他给坑急了，背地里都唤他“曹黑肝”——不是个“墨盒儿”吗？由里到外都得黑透才是的……

道士来的那年皇帝爷宾天，几个月不给戏看，乡巴佬憋不住了，撺掇着曹大户家帮闲的班头给寻摸个五人班也好，野地里搬块石头盘腿一坐，就算是解了瘾了。

都说口外的五人班不如山东，而且越望北越潮，有的连鼓点子也打不齐，扮正旦的还不如扮地蛋像样呢。可好歹人家有梆有锣，有弦子、有唢呐，唱起来生净丑末俱全，而且必有一段儿十八摸、挑春香之流的淫戏，煞了戏大伙儿一散，姑娘们坐的石头还都是湿的。

五人班不会只伺候一个庄子，绕路来一趟宁古塔，等闲三两年不会再来，还得找别的乐子。也别说，人事总不外如此，你正愁找不着乐子呢，乐子就来找上你了。

且说城东十里有个觉罗古城，相传是老皇之前的老皇之前的老皇发迹之处，城外有古坟多处。紧挨着萨布素将军墓有块空地，人说原先有坟，可不知何年何月犯洪，污泥淤积，将四下里垫高了，再也分别不出故冢原尸何在，只好任荒作罢。在过了不知多少春秋——就拿这来给乐子的道士说罢——他翘着长长的指甲，指着那块荒地画了一大圈，正儿八经一问："此处地界归何人所有？"

谁说得上来？大伙儿你瞧我、我看你，不知谁冒了句："谁的？甭管谁的，到了不都是曹大户的么？"

得！这就又归了曹大户了。道士当下没二话，一甩拂尘，径往曹大户家而去——显见已是熟门熟路。值得说的是他这身道貌——红颜乌髻、凤眼蚕眉，年岁在二十有余而三十未足之数，旁的不说，就是背影让人觉得怪，犹之乎宽襟大袖的道袍里藏着物事，而且就裹在后腰底下，是以一步踏出，就得踧搭踧搭屁股，看得乡巴佬一阵哄闹，争说这道士相貌不恶，八成是个龙阳，叫人给端惯了才那么走路。

才到了曹大户门上，花样儿就来了。只见这年轻的道士拂尘一挥，大喝一声，缩身不过一寸有余，走了几十步，拂尘又一挥，身形忽地又放大了，足有五丈上下，一弯腰探头，看见曹大户在二进院侧面花厅里逗鸟儿，便高声呼喊，道："曹爷！该是改换门庭的时候喽！"曹大户玩着鸟，心思正转着要改换改换门庭，回头看见道士个大脑袋瓜儿，可不是神仙听见了心底话了么？连忙迎出二院、前院，亲手开了大门，道士已然恢复原样，抬步进了门槛——这才叫看门见山呢——登时一拱手，道：“贫道来得鲁莽，并无别事，就是要向曹爷募一处云观，观址已然看过，就紧挨着萨布素将军墓，有块空地——曹爷点个头，我便鸠工兴造了。”

曹大户是明白人，也别无长言，只淡淡一笑，道：“兴造房宅之事，该包在凡夫俗子的身上；神仙尽顾着给曹家改换门庭便了。”

道士点点头，道：“贫道姓万，名赦凡，道号蜕云，原在青城山拜师习业。如今不辞万里而来，诚心邀曹爷往青城山一游，观览观览三清一界妙道佳胜之地，日后在老庄这儿兴土木、垒砖石，也好有个依据。”

青城山是道教名山，古称天谷山。在今都江堰市西南。因青山四合，状若城廓，故名。属邛崃山系，处邛崃山东坡与成都平原交接之处，背靠岷山雪岭，面向成都平原，有三十六峰，为道教第五洞天，全称是“洞天第五宝仙九室之天”。相传东汉张陵在此后山——大邑鹤鸣山——结茅，传五斗米道，其子张衡、孙张鲁也嗣法于此。

到了晋代的范长生，隋朝的赵昱、赵冕，乃至于唐朝的杜光庭等，也相继来此修道。是以古来多少附会于时人名士和古圣昔贤的景致，都有说头。有张天师降魔的掷笔槽、试剑石，唐玄宗手诏碑、唐雕三皇石像、唐铸飞龙铁鼎、杜光庭读书台、唐薛昌丹井，还有五代天师像，可以说不胜枚举了。

万蜕云要让曹大户看的，就是这些。而曹大户闻言一愣：想这青城山远在天边，来回水陆十万里，跑一趟得花多少工夫？正踌躇着，万蜕云拂尘一挥，就在这院落里作起法来——

曹大户但觉万蜕云那柄拂尘所过之处，先是扬起一阵幽香，幽香竟然仿佛可见，是一围单薄的青纱帐，高可七尺，四过也有五七丈方圆，就在这帐中地上、两人之间，居然有那么一盆清水。万蜕云戟指向盆，曹大户不由得不跟着朝他手指之处观看，一旦看得入神，那就不是一盆清水，而是万顷碧波、一片汪洋了。

“曹爷用目观望，可千万不要分神哪！”万蜕云说着时，像是又使动了缩身法，身形一矮，居然当下不见。曹大户听他那句“千万不要分神”言犹在耳，却已经在碧波中间看见了一只小船儿，船头立着个头挽朝天髻、身穿青云袍的——可不就是万蜕云吗？睁眼再一细瞧，同万蜕云如对面而晤，自己则是坐在小船的舱中，手扶舷窗，一派潇洒闲适呢。

“咱们这一行，已经到了洞庭湖中，且浏览浏览湖光山色罢？”万蜕云笑着说。

这数万里程途，一眨眼居然就走了一半儿，曹大户能不诧异否？能不惊骇否？

万蜕云瞥见曹大户脸上消息，随即一挥拂尘，幽香袅袅而至，又是一层青纱帐，打从小船儿的舷窗之外飘了进来。曹大户伸手去揭那纱，还真让他揭开了，揭开来一看，纱外是一片邈邈云山。

“在前明以往，青城山道教属正一教，”万蜕云在他耳畔沉声说道，“前明败了，正一教也一蹶不振。康熙爷在位之时，武当山全真龙门派道士陈清觉来此山传道，陈天师也就是贫道的师祖——从此，青城山便属全真龙门派碧洞宗的一脉了。

“此间有三十六峰、八大洞、七十二小洞、一百单八处胜景，人称‘青城天下幽’的便是。曹爷且看：此地是建福宫，前面是天师洞，再向里，是为朝阳洞，再往里便是祖师殿了。贫道生小自三岁始，便在上清宫修炼七年，在圆明宫修炼了七年，之后在玉清宫又修炼了七年。至今习业已毕，特为主敬存诚之士而来。倘或在老庄，能够建一座三清宝地，将是子孙万代之福了。”

“我也老实不瞒你说，神仙！”曹大户恣意饱览着山川佳境，说的却是另一套：“方才神仙应我诚心虔意之想而来，自然知道我一再说要改换门庭，是个什么意思。想我在极边之地，号称纳得万户之粮，容有倾城之富；然而子孙僻处穷乡，就算个个儿肠肥脑满，福寿康宁，又如何呢？神仙苟能略施小术，将我小儿送进名利场中，与天下高才一争长短，取了功名，升金阶、上玉殿，官至一二品不嫌高，囊括三五省不嫌少——”

“少说让令郎能够——”万蜕云抢道，“辖一镇之师、统十万之众、立制军之威，成就一个大贵人！”

“那么——”曹大户说，“你、你、你真有法子？”

万蜕云又一挥拂尘，只见群山万壑，云树烟霭，居然一如泡之破、梦之醒，转眼之间空空如也。拂尘散了个花儿，花中传来万蜕云的话语：“咱们说好的那一所清修之地，就叫‘老庄观’罢！‘老庄观’落成之日，你的好儿子便降世投胎了！”

曹大户怀着这份巴望，可又舍不得银两。想这事既然答应了神仙，本不该反悔，但是他悭吝成性，一旦到了包工买料的节骨眼儿上，就实在下不了手了。只好以“事远不能预见”作一个给自己下台的台阶——这叫守成务本不是？就算今日生子，等这儿子做了封疆大吏、方面大臣，算是光宗耀祖，自己恐怕早就埋骨青山，墓木已拱了，如何验得？

蹉跎着，蹉跎着，万蜕云也消失得无踪无影，从不来催，仿佛他根本忘了曹大户的允诺。直到有那么一天，曹大户同几个盛京来的皮货商正在富贵窑子里掷骰子，心口忽觉一紧，喊声：“要不好！”人已经厥过去了。再醒来时，半边身子已不能动弹。这也是寻常富贵老人常害的风症，但是曹大户不这么想；他认为是神仙怪他失约降祸，赶紧发遣匠人，日夜兴工，给起造了一所老庄观，题匾三字还是请托宫中专责进贡事务的总管向一个老翰林道亲给求来的。

这中间，有分教：一所道观，该是个什么长相？又该如何跟青城山一个长相？可煞费周折了。乡巴佬们从没见曹大户如此认真干过活儿，竟也张罗着大车，轮上裹了软布，载着他老人家上盛京去了好几回，终于找着个据说曾经盖过道观的瓦匠，叫梁厚土。由此人画了大小图样，从方圆千里之地，找齐了十几、二十个班子，算好程期，交替施作，约以三年光阴毕其事功。

第一年过去，园林规模初具，草树池石皆有，花木扶疏，林相幽雅，虽然并无亭台楼阁之属，端的是一片郁郁苍苍的好林子。曹大户时而会亲自来督工，起先还躁闹着催促，可时日稍久，见园林深静曲折，造景奇丽别致，心情反而平静下来，病体渐渐康复。由于梁厚土是个敦谨人，日夜忧勤，事必亲理，曹大户多少也受其感染熏沐，做人宽和了不少，有那么一整年的时光，四乡八野的人居然不记得要叫他“曹黑肝”。

心随境转这话的是不假。到了第二年，都是土木砖石的活儿了，匠人们粗筋硬肉、浃汗污衣，出入于园林之间。这还不算，烧砖烧瓦的土窑也在左近，烟囱里日夜冒着黑烟。至于到处灰土铺张、尘粉飞扬，从萨布素将军墓到觉罗古城，十里之间，可以说没昏没晨的乌烟瘴气。曹大户再也不能像之前那样朝夕挽着小妾们出入，作风雅之游，于是唤了梁厚土来，忿忿地喝骂：“早知如此，为什么不先盖楼台，再筑庭院？然则忍过它一年污秽，如今不也清爽了？”

梁厚土笑笑，说：“曹爷有所不知，要是先盖了屋宇，这修真之地便再无变化了，林木花树，总是房宅附庸而已。今则不然，花树姿态盎然，与日俱生，随时不同；工匠日日备料出入，俯仰其间，体察幽微，默记其变化。岁月忽焉而过，一年下来，必然有许多领会，万一看出原先图样不合天机自然，还兴许更易。再一说：先筑盖楼宇，复补缀园林，不免看着树小墙新，是个暴发气象。”最后这两句“看着树小墙新，是个暴发气象”倒是有力，曹大户最喜人说他殷实，最恨人说他暴发，听到这么一说，也只好隐忍下来，又过了一年。

别说第二年的肮脏难忍，到了第三年，金碧辉煌的楼馆阁舍都完成了，映照着朝日夕晖，洗浴着柔风细雨，堪称无一刻不佳美、无一隅不典丽。可是第三年更难捱，外表算是完成了的道观至今如如不动，任翠叶纷披，呼鸟啁啾，远远望之似有挟山超海的气势，可梁厚土一径不许人进正殿。说是观里是要保着上千年的清净之地，诸般髹漆、装饰乃至于陈设，都得一桩一件地计较，不能大处见意，潦草布局。

这一年，“老庄观”说是尚未竣工，又像是早就完成多少年了，始终都矗立在那萨布素将军墓旁边。乡巴佬路经此地，想起、说起的不是万蜕云，也不是曹大户，而是曹家一个大了肚子的小妾罗氏——不是说此观落成之日，那小崽子便要落胎为人了么？乡人等着看的是：什么样的一个小子，将来会是个官居一品的将相呢？

曹大户没来得及看见。他在这年冬天下第一场雪的时候忽然觉得头疼，怕前一回的风症又要发了，想起医者吩咐过，赶紧躺下不动，想是过一会儿、缓过气来就好了。孰料脑瓜皮上仿佛叫人钻了一刀子似的，实实不能再忍，一抓狠狠抓去帽子，天灵盖上居然流下一注鲜血来。他赶紧低头一看，帽子里是一只被他情急之下抓烂了的蝎子。

帽中藏蝎，是个老典故了。之前《战夏阳》书中提过，如今再抄一段儿：

《儒林外史》里头有个庄绍光，“十一二岁上就会作一篇七千字的赋，天下皆闻。此时已将及四十岁，名满一时。他却只闭户读书，不肯妄交一人。”可是杜少卿和迟衡山一去拜访，他说见也马上就见了。这还不算，当杜少卿提出祭泰伯祠的大拜拜计划，请庄绍光帮忙考订“要行的礼乐”之际，庄绍光又立刻告诉他：“但今有一事，又要出门几时。多则三月，少则两月便回。”到底是什么事呢？原来是一个刚从浙江巡抚调升礼部侍郎的徐穆轩把庄绍光给“荐了”，“奉旨要见，只得去走一趟”。庄绍光成了庄征君了。“荐了”你，你就要去见吗？庄绍光的说辞是："我们与山林隐逸不同，既然奉旨召我，君臣之礼是傲不得的。"

小说作者吴敬梓告诉我们：庄征君在嘉靖三十五年十月十一这天晋见了皇帝。因为头疼难忍，无法安心奏对，出宫来才发现是头巾里不知何时钻进一只蝎子，于是大叹："'臧仓小人'，原来就是此物！看来我道不行了！"遂上了十策，并一道恳求恩赐还山的本子。其实此公就算没给蝎子螫着，他的官照样做不成，因为皇帝身边的太保所说的话才是关键："庄尚志（绍光字尚志）……不由进士出身，骤跻卿贰，我朝祖宗，无此法度，且开天下以幸进之心。"谁算得清这一周折之下，究竟庄绍光还算是个"征君"吗？不过，小说里从庄绍光入京"涮"这一趟的路上起，就改口称呼他"征君"了。

顺便说明："臧仓小人"——这个典故也出自《孟子 · 梁惠王下》。说是鲁平公本来要备车出宫去见孟子的，偏有平公的宠臣臧仓作梗，借口孟子厚葬其母而薄葬其父，不像是个明礼知义的贤者，劝平公不必往见，其事遂寝。这一段，孟子算是给“征”到一半儿。

但是孟子坚决不承认“不遇鲁侯”是由于“臧仓小人”的缘故，所以他说：“臧氏之子，焉能使予不遇哉？”他认为那是“天”的意思。然而，这仅仅是“孟子不遇鲁侯”的片面。至于鲁侯不能见孟子的另一片面呢？孟子也说得很清楚：“行，或使之；止，或尼之；行止，非人所能也。”（他要来，是有人怂恿他来；不来，是有人阻止他来；但是来或不来，却不能算在旁人的账上。）孟子看得很清楚：统治者在行使其支配权的时候，责任必须自负；但是统治者的是否兼听或偏信——比方说：“鲁平公是不是宁可亲信臧仓而非孟子呢？”这个问题却根本不是孟子所关心的，也不是孟子认为在他的地位所宜于窥探的。

毒蝎入帽，可不只是一条人命而已，也意味着“臧仓小人”在妨碍着人们的仕进之心。可曹大户已经来不及这么体会了——他非但没来得及看见老庄观的雕梁画栋、锦褥茵席之美，也没来得及看见自己的儿子出生，更没来得及看见妻妾亲族们为了分家财、裂房产而展开的一场殊死之战，他最后一个见到的人是梁厚土。

曹大户流着泪、喘着气、紧紧抓住梁厚土的袖子，说：“都说我这人打从心肝里黑到肤皮儿上。可旁的不说，这座神仙观，我可不能克扣你；连工带料，我还该你多少，你给个数罢，我这就让管事的给你拨现银。”

“曹爷，”梁厚土说，“还没‘探顶子’呢，不合收您银子。赶过了年，看几场好雪压实了瓦榫子，咱们验过一回，再算罢。”

他说的是瓦匠行里的规矩。一般鸠工兴筑房舍，瓦匠总司其成的多，是以瓦匠的地位也高一些，验收房屋，往往由瓦匠主持。常情如此：瓦匠站在厅堂房舍之中，来回踅走，同时手中使一根极长的竹竿，看似随意地向屋瓦戳探，试看其松紧弛张，这一手至关切要——人会问：瓦是他瓦匠铺的，由他自家来验，能验出个什么鸟来呢？可事理恰恰要反过来看：万一原先铺得好好的瓦，就在这一刻上，让他瓦匠给探歪了、戳坏了，对于屋宇来说，岂非后患无穷？这正是工匠行里琢磨出来、赖以对付那些业主的手段。一旦业主为富不仁，“探顶子”还真能让一栋房宅永留百年不解之灾呢。

曹大户听了直摇头：“活了这么一辈子，叫我拔一毛而利天下，我是不干的；而活到了这个地步，再叫我取天下之一毛而利己，我也下不了手。之前点领的不说，我已经交代了管事，再给你一万两银子，应该有敷余了——你去领银子罢。”

“谢曹爷，曹爷赏多了。”梁厚土屈了屈膝。

“不多，也不欠。”说完，曹大户就死了。

曹大户的儿子初生那天是腊月初八，正值当岁一场最严酷的大雪铺天盖地而来，从初四下起，没昏没晓地下了三昼夜。雪霁之时，罗氏把孩子生下来，看上去天庭饱满、地阁方圆，而且浓眉大眼，骨相清奇神秀，可就是不哭不笑，状似无所闻亦无所见，跟曹大户留给他的名字还真不像——“曹景仙”。

“这叫八风吹不动！”忽地一条身影从天而降，话出如风，更似一声焦雷，说话的，正是那三年不知去向的万蜕云。

这道士像是刚从天空之中大开的云霾深处跳将下来的一般，面貌已经较之前显得老成、沧桑了些，就是一走路还晃屁股，这老模样儿是一丝儿未变。

他走上前来，朝婴儿的额头弹了个榧子，婴儿哪里经得起这个？登时额骨凹陷下去，疼得他大哭不止。可万蜕云抢忙一步上前，在那婴儿耳边嘟嘟囔囔地说了几句，婴儿居然点点头，不哭了。

可额头上的凹痕儿却再也去不掉了。孩子日渐长大，仍旧是个惯常发痴作傻的性子，动不动就朝一处凝眸细看，一看就出了神、失了魂，问他怎么了，要不就不答；要不就尽说些个千山万水之外的胡话，任谁也不能懂。

非徒这孩子生性愚鲁，家中也阢陧不安。家产分匀之计，人人不以为平允，自然不得停当。众人勉强在一所宅院之中居住，已经算不得是一家人了。今日这房封了正院，自开一座旁门出入；明日那房打通墙垣，把这房的天井当成街道。大小争执不断，吵闹无日或已。

却是个富丽堂皇的老庄观香火鼎盛。先上来大多是看热闹的，久而久之，楼宇园林看腻，就看出了万蜕云也有几分风采。万蜕云偶尔地还会作索几套兴云布雨之术，唬得乡巴佬们乐不可支，就把老庄观看成个瓦舍，来这儿听听万蜕云讲述修真之妙，全当是听说书的了。

曹大户分家之事甚密，外人不能究其详，只知道忽然有这么一天，那刚生了儿子的罗氏怀里裹着大包袱、小包袱，哭哭啼啼来到老庄观，正逢着万蜕云作法，将一株枯透了枝子的梅树点染成真堪形容的火树银花，数十万点红梅、白梅竟然在一树之上、一时之间开苞、绽放、凋谢、复枯萎复原，顷刻作成。

但是万蜕云猛地一收拂尘，对着数以千百计的人群喊了声：“怎么啦？谁欺负你啦？”他早就一眼看见了瑟瑟缩缩、站在人群后头的罗氏——甚至看见一个小包袱还裹着曹景仙呢。

那还用说吗？曹景仙母子是被族中亲眷戚友给赶出来的。道理很明白，要是留着罗氏，就非得留下曹大户的那一脉骨血不可；留下了曹景仙，就意味着曹家所有财货、田产、物业又都有了主，大伙儿还是得像过往帮衬、伺候曹大户一般地帮衬、伺候这一对母子么？想想不对！一不做、二不休，索性将他母子二人扫出门第，永绝情由。

曹景仙这个姓字不见于正史，因为此名在罗氏抱着他来到老庄观之后，就不能用了，让万蜕云给改了。万蜕云的说法明白了当：仙不必景，一旦景了仙，就不必在人世间攫功名、求利禄了；曹大户生前，不是希望这儿子“升金阶、上玉殿，官至一二品不嫌高，囊括三五省不嫌少”吗？然而万蜕云改了此子之名，不妨碍咱们说书的方便，还就是这么唤他便了。

话说曹景仙一介孤丁，寄养于老庄观，外间少不得有些闲言闲语，说他是道士的种。万蜕云听说了，不动声色，暗施小技，将那些传谣的乡巴佬整了许多冤枉，这也是小小不言的事。可是独自修真，绝无伴侣，大欲难熬，有那么几回，他还真想着罗氏的好处，不免动念要到他母子居住的院落之中撩拨。

说也奇怪，每动此念，天就下暴雨，而且旁处不下，单单往这老庄观的观址处下，不只是雨，还有风、还有雷、还有雹子——奇的是，像这样突如其来的雨，却连萨布素将军墓那咫尺隔邻之地都湿不着。

且回头看这一对孤儿寡母——孤儿寡母的能有什么出息？自然就是念书。可万蜕云似乎并不以为曹景仙能靠读书挣一个出身，每当罗氏前去问讯，万蜕云便笑笑说："这孩子的前程是我许下的——所谓'辖一镇之师、统十万之众、立制军之威，成就一个大贵人！'的话，我没忘呢。不过，时候还不到。你开销我观中香火，以为无益之事，这又是何苦？"

"不读正书，如何求取功名？"罗氏的想法很单纯，所以意志极坚决："道长既然答应了老爷，是不是好歹为这孩子请个先生、开个蒙呢？"

"你回去罢！有你娘儿俩一碗饭吃，就该称心如意了。"万蜕云双眼一瞪，片言不发，两手翘着长长的指甲，捏着干支诀，像是算计了又算计，又像是觉得算不周延，回头再算一过，忽地恼了，起身连拂尘带袖子朝罗氏脸上一挥："他的前程，我早就算透了；只今吉凶莫测，征兆参差，你急个什么？”

又有那么一日，观里下起了暴雨，前殿殿口雷声大作，像是有那巨力无匹之人轮番以精钢斧钺劈斫殿前石阶，迸了个火星闪炽，仿佛老天爷刻意不许那万蜕云踏出殿门半步。

跨院里的罗氏自是不知情的，正恐慌间，忽觉半空之中一抹电光来得比寻常的霹雳要既轻且缓，即将落地之际便消失了，但看绳影飘摇，落叶纷纷，仔细一打量，哪儿是什么雷光电闪呢？原来是梁厚土从南墙外打了个弯竿跳进来了。

瓦匠身手还真不坏，一落地，正落在廊檐之下、门槛前头，只见他先将一根丈八不止的弯竿置于身后地上，单膝屈了屈，礼数恰恰到份儿，说：“小娘子在上，梁厚土来请安了——呿呿呿！这雨不寻常，小娘子要留神门户的好——呃，这个嘛，梁某此来不为别事，就是看不得小官人读不上书——这事可是耽误不得的。”

一句话说到了罗氏的心坎儿里，泪点儿扑簌簌地落了下来：“我母子如今沦落得连这薪水之资，都要仰承万道长给养；道长说这孩子，运势未卜，还不急着开蒙。”

“这妖道受老爷厚恩，勉强寄得一身浮尘，不知答报，自然参不透他那点孽因缘、恶造化！”

罗氏仔细地听，回思老半天，总然不懂这瓦匠究竟在说些什么，只好应道：“道长的意思是景仙这孩子的命途未卜，不是他自己的——”

“小娘子不必多担心思，我已经打听清楚，打从萨布素将军墓往觉罗城走一里开外，有个王剪子老铺，招牌还挂着，生理已经不做了，如今盘给一个金祥谦秀才作馆；你把孩子托付那秀才，早晚读书便是了。至于所需供给，不劳那妖道施舍，老爷早就交代过了。你自把孩子送去金秀才那里，说起老爷名讳，金秀才自然会安置小官人进德修业之具。”

金祥谦如此便是曹景仙的蒙师了。果如梁厚土所言，这秀才主持了一所学馆，仗着十余个蒙童的父母给养所得，勉可维持他自家一妻一子的生计。曹景仙来了，居然备受礼遇，仿佛曹大户生前曾经施舍过极大恩典，金秀才则是秉持着报恩之念，自然加意栽培、悉心教诲。这里就无别话了。

然而在金秀才眼里，曹景仙毕竟不是个读书的料。打从十三岁开蒙，一直读了六七年蒙书，每年二月的县考也考过四五回，正场从未过关——眼看就是那副老对联儿上所形容的：“行年八十尚称童，可云寿考；到老五经犹未熟，真是书生。”

金秀才同罗氏商量：让这孩子到市上学做买卖，终能通一行生计，总强似在塾里傻吃闷睡，混过惨淡而懵懂的一生。罗氏当然不肯，她总觉着：拉拔这孩子有个体面的出身，一来不负曹大户之所托；二来也要在曹家那些个冷淡的族亲面前显一份光耀。金秀才也是敦实柔懦的人，罗氏一掉泪，他就心软，一咬牙，一硬头皮，还是耐心地教下去。

曹景仙生小是个粗枝大叶的孩子，体魄强似铁牛，神采嗒若木鸡。塾里的同学友朋笑他蠢笨，他也不以为意；街坊间总会遇见曹家的戚旧亲谊，面前指点、背后讪笑，总拿罗氏和万蜕云有私情作话柄。曹景仙年幼之时浑然不以为意，有时为博人一粲，也随人调笑自己的身世；年事既长，总知道些忌讳，即便不逢迎那些嘲讽了，却也仍然不同人结冤。如此一来，俗众益发以为此人委靡无耻，更少不了的冷讥热诮。

那一年，曹景仙不知二十好几了，照例应童子试不取，从县考考棚里出来，一步跨出龙门，迎面过来一个万蜕云。这可是日头打从西边儿出来了，万蜕云走上前，居然深深一揖，道："世兄！世兄！告罪、告罪！"

此礼曹景仙一向未曾经得，给吓得一时无法言语，但听那万蜕云昂声笑说："都是贫道的不是，都是贫道的不是！方才贫道掐指一算，你今年的出身又耽误了！这、这与当年我占天卜地之所得，差距实在太大，于是从头验算一过，才知是为贫道所害，真是不该不该——我这样大意误人，实是自误了。当年一指弹坏，世兄你不会见怪罢？"

"不不不！"曹景仙从来就不擅与人介意，自然恭恭顺顺地摇着头，神情十分畏却。

"那好！我就还你一个原来面目罢！明年此时，你就要开科运了—— 一岁登小三元，便等着联捷登进士榜，随后金殿珠笔亲点入翰院，三年下来，放四川学政，蜀道虽难，自有还京之日。届时三年御史台，能养个七八分人望，自然就可以放几任臬司和藩司做做了。之后嘛——领一省而镇之，也有几年太平富贵，接下来，四边无警、盗匪不兴，你却赶上个好时机，诚如贫道答应过令仙翁的：‘辖一镇之师、统十万之众、立制军之威，成就一个大贵人！’而且呢，我还可以多算一步——”万蜕云又飞快地捏动手指，道：“日后官至协揆，寿高齐颐，夫妇齐眉，子孙贵显！五百年来、五百年内，再也没有这么好的一副命理呢！贫道只求世兄答应一事——”

“但请道长吩咐就是。”

“你我两代相知，数十年交谊，总而言之一句话：富贵无相忘也！”

说时伸出大拇哥，朝曹景仙额头上使劲一抹，居然将原先脑门子上那凹陷之处给“喀喇拉”抹平了。曹景仙但觉眼前日月无光，可是金星乱窜，疼痛难忍，大喝一声，便昏死过去。醒来之时，人是躺在金秀才的塾馆里，耳边厢只听得书声响亮，那一字字、一句句，万般分明。十多年饱读之书，原本全无领会，而今洞彻灵明，只觉得经史之间、传注之内，居然隐藏着无边瑰丽奇妙的风景，他也不忙着起身，便依样儿躺着，睁着眼，听身边那些个小小蒙童逐篇朗诵着、吟唱着，他则静静地体会着、思索着、玩味着。

打从这一天起，金秀才眼中的曹景仙像是易骨更胎的一般，除了长相，根本变作了另一个人。他左手点阅经籍、右手工书帖楷，口中仍吟诗不置，还能分神帮同学们批改文章。连金秀才都到处向人称说：“此子一旦开了窍，我都无可传授了。”

接下来这一年过得快，曹景仙在塾中将十多年来所闻所习重新回味一过，二月再入县学应考，当即考了个前列第一。两个月之后，复入府考，接着是院考，三试一口作气，曹景仙都是榜首，果真成了“小三元”。之后再如何联捷登科，入词馆、放学政、擢御史、膺监司、陈皋开藩、游领封圻，这些就不必细表了。

总而言之，四十年扶摇而上，平步青云，一一如万蜕云所预知者，如此安康顺遂，喜乐平安，还有什么可说的？再者，曹景仙一向是个孝子，无论在何处任官，总想法子将罗氏妥善安置在身边，朝夕侍奉；除了料理公务，平日晨昏定省，凡事躬亲，一旦有个小灾小病，也必定日夜在侧，亲侍汤药。这是人伦楷模，似乎也不成一则可喜可愕的传奇。

且说这预言正一一应验着，曹景仙也成了协办大学士，入军机，圣眷正隆，自然也得依循官场故事，为父母请封官诰；上表之后随即蒙准，给假一月，还乡祭祖——这，算得上是为人子者，以及为人父母者风光至极的一刻了。

可是老曹大户已经分家了，还乡祭祖，还是得上老庄观落脚。到了这个排场之上，还有谁家敢人前人后、风言风语呢？老曹大户家的亲谊戚旧，恐怕只有担惊害怕的份儿了——那曹景仙，是否不忘旧恶，万一要报嫌怨于万一，有谁吃得消呢？

未料大人的銮轿来了，风光到了，除了祭祖前到各房各宅邀约了诸家亲长；祭祖之后复周游拜谢一遭，毕尽礼数之外，并无报仇泄愤之举。这算让众人安了心——不！小人哪得安心？各家还是聚集商议，共派小厮，轮番到老庄观窥伺，万一有什么动静，还能及早通报，好让各家备妥细软，远走高飞，逃过一劫罢了。

一连几天无事可报，小厮们只传回来一桩奇怪的消息：这一日，老道万蜕云将曹大人请至大殿之上，忽然神色庄严地说起来，连“世兄”也改成了“大人”了：“尊府受贫道两代厚恩，大人可记得否？”

曹景仙连忙一欠身，拱了拱手，道：“铭感五内，无时或忘。”

“贫道自然知道大人会这么说。大人也一定知晓：贫道并不计较施报。”万蜕云笑了笑，扭了扭屁股，说：“此中无他，反而是贫道之于曹家的恩德，尚未曾还报完遂呢！既然还有积欠的缘债未了，若非精打细算，以致错过了时辰、不能还报，还真要积累到来生呢！”

“这——”曹景仙拱着的手还没放下来，顺势又作了一揖：“天人之机，甚为深邃，福善祸淫，理之必然，至若更玄秘的道理，便非我等肉骨凡胎之人所能领会的了。”

“说什么福善祸淫？”万蜕云撇了撇嘴，口气十分严峻地说："眼下大人便有一灾，我若不尽心为大人消解，大人岂不是要落一个淫恶万端的名声吗？明日午时三刻，将有不虞之灾，从天而降！大人！非听我一言不能免祸；能免此祸，贫道所受之于尊府的恩德，也就再无亏负的了。"

"那么，"曹景仙对于自己那"从天而降的不虞之灾"似乎并不在意，反而殷殷问起："然则我该当如何，才能在午时三刻之前，让你还报了积欠的恩德，以免累及后生来世呢？"

万蜕云摇了摇头，自忖："痴儿毕竟是痴儿！"可嘴上不好这样讥讽，便清了清嗓门儿，扬声道："大人且听了，明日午时之前，权将一干曹家亲族以及随行众官传唤到此间守候，不可出户一步，午时一过，灾殃自解，众人随即散讫可也！"

曹景仙说："我生平读书仕宦，时时敬谨，不欺暗室。岂能受此奇灾？倘或今番召聚亲党随官，毕集一堂，只道为我一人谋避祸禳灾之法，岂非反堕不明不白之地——这些个来救我性命的族亲僚属，难道不会疑心我有什么见不得人的事，而要受上天诛谴么？天亡我，又何庸遁焉？"

万蜕云一听这话，眉头深锁，叹道："虽然你位极人臣，说起了生死大分，却还是坐井观天！贫道同你说的，哪里是你今生今世之所作所为呢？曹大人！你的前生在青城山全真龙门派碧洞宗，拜在陈清觉师祖的第四代弟子高无极驾下修道，矢志放生，不料却误踏一蛙而死，明日午时三刻，合该遭雷殛，以了宿孽。贫道前生与大人同门，又因为累世积欠曹家恩情，至今方能答报。大人若不听从贫道之计，明日遽尔遭他五雷齐轰，枉费贫道毁弃这毕生道业、徒膺漏泄天机之罪，也就罢了——而大人呢？此后将置高堂老母于何地，大人难道不想这些的么？"

如此一来，曹景仙要顾虑的就多了。在今生，他有老母；在前生，他有冤家；纵贯着两般人生，还有冒着天庭之大不韪而亟欲报恩的老道长。他思索了片刻，终于点了头。

第二天一大早，各房族人为了表示亲爱，不待召唤便齐聚老庄观，将偌大一个前殿挤得水泄不通，等曹景仙自己那一班随员幕吏到时，多只能站在廊檐底下了。

时当仲秋，天清气爽，蔚蓝一抹，不留纤毫翳蔽。才过巳牌时分，忽然间日晡云合，电蛇数以千百计，怒掣老庄观四围半里以内之地，骤雨浇淋，几无余隙；烈风悲啸，狂雹奔倾，雷劈皇皇，如震钟磬然！此际屋瓦飞鸣，四壁摇撼。

但见曹景仙正襟危坐，瞑目养神，面不改色。众人来之前喜气洋洋，还道是要给曹大人施一个惠而不费的小恩德，如今天地变态，人人都有山河颓危、浩劫压顶的骇异和震惊，当然是悔不当初了，于是不免呼应着风雨交加之势而哭喊叫嚷起来。

这还不算，接着就见一丫鬟从后园中急奔而来，雷声电芒绕着她捣窜，可这丫鬟似乎是豁出命去不要了，只顾朝前狂奔，奔至殿后角门。再也撑不住，摔倒在门槛上，大喊着："老夫人被雷给捉走了！老夫人被雷给捉走了！"

曹景仙原是个孝子，此时转身向后观望。果然有一道电光四面上下，尖端曲卷如环，紧紧缠裹着罗氏。罗氏飞身于庭园之中，忽而上、忽而下、忽而左、忽而右，虽然面带惊惶，不过看上去倒只是手足无措，脸上除了讶诧，似乎并无苦痛。

但是看在曹景仙眼中，这就比什么天降不虞之灾、阴谴前世之祸，要严重得多了。他二话不说，飞奔上前，从那晶亮无比的电光之中一把抱起母亲，紧紧搂住，回身便跑。这时，暴雨戛然而止，众人忽听得打从天顶之上，猛可灌下来一记较之前无数霹雳更加响亮百倍不止的焦雷——

这雷声余音荡荡，重云乍散，一天清朗，众人才赫然发现：就在片刻之前曹景仙所坐的交椅之处，已经叫雷给劈开了一个八尺方圆、丈许深的大窟窿。窟窿底下一片焦黑，还蒸腾着缕缕的灰烟。少时烟散尽了，里一圈儿外一圈儿的人围定观看，但见窟窿底下趴伏着一只比人还高大的蝎子，被雷电从头到尾正当央一线劈开，什么汁儿酱儿泥儿的还不住地流淌着。

便在这个时节，中庭当央紧紧抱着老母的曹景仙偶一抬头，看见南墙顶上盘腿坐着一条黑影，这人捋着一下巴颏儿的白胡子，笑吟吟地说："真读书人，果尔如是也！果尔如是也！"

这墙上坐的，自然是梁厚土。他转脸对罗氏说："你们曹家确乎是改换了门庭了——有子如此，子孙瓜瓞绵绵，常保敦朴谨厚，永无猖狂悖乱之祸！”

到底怎么回事呢？原来这梁厚土竟是雷神的分身。他在当年为老庄观“探顶子”的时候，早已经预留地步，在屋瓦上标示了靶位，多年以后一发而奏功，毙蝎妖于地下。而化名“万赦凡”、“万蜕云”的这个道士，就是这只蝎妖。此妖早在数十年前，便知自己有一天劫，不易逃过，遂曲折设计，让曹大户给自己盖了一所云观。本想托蔽于楼宇，又恐雷部诸神巨力无边，无远弗届，乃设了第二计，那就是藏身于贵官显宦脚下，以逃天诛。也因为这孽畜法术惊人，而能未雨绸缪，预为擘画，用心不可谓不苦了。

然而殊不知天人相应之机甚深甚微，总有经不起小处失算、而终致不能免大祸者。尤其是丰隆威灵，应变有法，居然能化百炼之钢为绕指之柔，将罗氏捉出室外，毫发未损，藉以诱出孝子，再施以霹雳一殛。

可见狡狯之尤者，孰能甚于天耶？

《山海经·卷十三·海内东经》:“雷泽中有雷神，龙身而人头，鼓其腹。在吴西。”

《山海经·卷十四·大荒东经》:“大荒东北隅中，有山名曰‘凶犁土丘’。应龙处南极，杀蚩尤与夸父，不得复上，故下数旱。旱而为应龙之状，乃得大雨。东海中有流波山，入海七千里。其上有兽，状如牛，苍身而无角，一足，出入水则必风雨，其光如日月，其声如雷，其名曰夔。黄帝得之，以其皮为鼓，橛以雷兽之骨，声闻五百里，以威天下。”

今俗所谓雷神，多依《封神演义》小说之中“雷震子”为据。在《西游记》里，高老庄的高太公将孙悟空误当作雷公，就是因为相传雷公是猴脸尖嘴的。明清之际，如刘蔚恭的《异神录》以及黄斐默的《集说诠真》中，都有如下的记载：

今俗所塑之雷神，状若力士，裸胸袒腹，背插两翅，额具三目，脸赤如猴，下颏长而锐，足如鹰鹯，而爪更厉。左手执楔，右手执槌，作欲击状。自顶至傍，环悬连鼓五个。

左足盘蹑一鼓，称曰："雷公江天君"。

唯一不同的是，在《异神录》中，此段记载的最后一句话是："称曰：'梁天君'。""梁"字是否即"雷江"切音而成，或者"雷公江天君"这个较晚出现的称谓，是好事者为了让这称谓之中定要有个"雷"字，而故意将"梁"拆析成"雷""江"二字，都是有可能的，我不敢断言孰非孰是。不过梁厚土这个雷公的分身之所以姓梁，倒是可以覆按此说。

一叶秋・之九

我奶奶问过我父亲，我父亲也拿同样的话问过我：“《聊斋志异》第一篇说的是什么？”

这谁不会答呢？“《考城隍》不是？”咱两代父子都答出来了。

可是接下来的一问便不容易敷衍过关了——“为什么是《考城隍》呢？”

这也是一代又一代的老奶奶们最讲究的事。故事不总是故事，还藏着无限义理。义理不光是角色感召，情节显示，连书写编纂都暗藏着多少机关。放头一篇的为什么，放末一篇的为什么，上一篇、下一篇，如何绾结呼应、如何穿插藏闪，皆在算计之中。

《考城隍》首立其本。由于仙鬼妖狐，事迹不凡，出人意表的情节，总带有几分果报征应的意思。一旦果报征应成了故事的道德教训，就不免为机心所乘，反而令人妄图善报而行善；或有无心之失，也会因为畏葸恶报而悚惧忧愁。于是，便有了这么两句："有心为善，虽善不赏；无心为恶，虽恶不罚。"

"一部《聊斋》，说的就是这个。"我奶奶的传家宝训即此："善不存心而得，方得为善。"

"恶呢？"我父亲问我奶奶。

我奶奶的答复跟后来我父亲给我的答复是一样的："那就恶不着你小子了！"

我们当然都知道："恶不着"是"饿不着"的谐音，老奶奶是故意这么说的。

在祖家，甚至为了让世世代代的儿孙们能于日常生活中实践那种时时刻刻主敬存诚的功夫，还特别请了"长仙"、"黄仙"和"大仙"在家，长年供奉，不敢有些许违失。"长仙"是蛇，"黄仙"是獐子——也就是俗称的"黄鼠狼"；"大仙"地位最高，自然就是狐了。

家里养着些永远不能驯服的野物，跟"主敬存诚"有什么关系？道理也很浅显，当世世代代的传说都强调：这些野物有着令人毛骨悚然的法力，而且日进月精，与时俱化，日子一长，同在一个院儿里生活的人自然会惯于感受到有一种凌驾于自我之上的意志或力量，不断在监督着自己、提醒着自己——甚至还会带来审判和惩罚。这是不成宗教的宗教观。

拾·狐大老

千年老狐，一旦失丹，
由仙入畜，何去何从？

《诗经·国风·南山》：

南山崔崔，雄狐绥绥。鲁道有荡，齐子由归。既曰归止，曷又怀止。

葛屦五两，冠緌双止。鲁道有荡，齐子庸止。既曰庸止，曷又从止。

蓺麻如之何，衡从其亩。取妻如之何，必告父母。既曰告止，曷又鞠止。

析薪如之何，匪斧不克。取妻如之何，匪媒不得。既曰得止，曷又极止。

千年老狐，一旦失丹，由仙入畜，何去何从？这里头原由故事，实不忍说。不过书场里的爷们儿要问："毕竟那狐作何下场？"便不能不作个交代。老狐知道"万事从头磨煞人”，此生算是白会了。但是好歹得有个出脱，也不枉这一场千年叹月的修行。

五术行中皆知：无论狐丹如何修炼、修炼了多久，一旦失了丹，这狐最多还有三十年阳寿，如果其间不能再遇到一个福缘深厚的“丹胚”，重修其事，那就是老死于崇山密林之中而已了。

狐本聪明，狐仙灵智更高，深知这大道难成，功亏于一篑，再要觅一“丹胚”，戛戛乎难哉，更难于移山填海多也！诚若不改坚心，必须仰赖“天福”。什么叫“天福”呢？就是勤修力学所不能及的一种报施，必须积德才能获致。

老狐当下掐指一算，得知广东番禺现有一举人，名唤钟瑞，字嘉祥。此公累世务农，薄有田产；惟十几代以下，不曾出个识字的，到了钟瑞他祖父这一辈儿上，想是该督促着儿孙上进，以振家声，这才拣选子弟进学。一代沃不成个秀才，到了钟瑞十岁上开蒙，教村塾里的先生夸过一回聪明，一族长辈欢庆，说钟家合该要出状元了，逼诱着念书，一念二十年，居然乡试得荐，眼看明春逢着癸丑，就可以赴京入礼部春闱，万一连捷，往后的得意风光，简直不能想象。

至于南山老狐这厢，勉强撑持到康熙十一年壬子，终于算到这钟瑞身上的天福有余，可以分荫些许，它自忖不过就还有一年半载的岁月可活，遂不辞千里，迢递间关，前去托了一梦，道：“我乃南山老狐，千年苦修，毁于一介失职鬼卒，如今百无聊赖，只能求郎君成全则个。”

钟瑞一向不语怪力乱神之属，寝中遇狐，实出无奈，只得勉强应付，梦呓道：“我乃一介书生，并无法术，何以助成大道呢？你还是速速往他处求取，前程不要误在我身上。”

“郎君书房檐下，井阑之旁，丛菊深处，有乱石一起，隆隆然若小丘，我即在彼处卧化，三日后郎君见菊英倏忽开落，便来花落之处掘地寻我踪迹。”老狐寥寥数语，算是交代过后事，一抹影儿就不见了。

钟瑞一觉醒来，想到檐下井旁、菊丛石丘之地去找，可回神一想，我是读什么书的人？怎么竟信了这无稽梦语？这便是道心不坚了。这样转念自责，灵台顿时清明起来，立刻捉起书本，专心念诵，目不斜视，不多时便将老狐托梦之事忘了个一干二净。

殊不料三日之后，井阑旁隙地之上果真暴开了百数十朵巴掌大的黄菊。此时已届深冬，旁处菊英多已焦萎于萼上——即便也有冬日盛开之菊，绽放也罢、枯萎也罢，不问凋落与否，起码总得些时日，才见终始。独独钟瑞窗前有这稀罕的花景，就不止一处可怪了。

此菊旋开旋谢，其间不过片时，且不断有新苞涌出，转瞬间又已取代前花繁盛，睹之真有目不暇给之感。在钟瑞看来，这已经不是花开花谢而已——试想彼夜之梦，这里面一定有些个征应才说得通。果然，窥园片刻之后，钟瑞再也不能按捺，便依老狐梦中吩咐，到菊丛底下探手一摸，果然有一丘拳头大小的石块堆积。石头本是极为坚硬之物，钟瑞这么一手探下去，却摸着了极柔、极软的东西，那东西却像是个活物，翻来将钟瑞的手掌一包，吓得他往后蹦了三尺远。低头一看，手上缠了好大一张毛皮，其色赤红如血，长七尺、广五尺，形状不方不圆，边沿略显参差——赫然是一裁又轻又软的好皮毛。

岭南之人，要这皮毛何用？钟家爷爷说得好："你明春即将入都，都下冬来甚凉，据说雨雪寒逼，有时还要冻死人的。有这么一块老天爷给的好皮毛，就是保着你温去暖回，平安往返的意思。到时万一旅次用度算计不到，还可以卖了换些盘缠，这岂不是天助我家非出个状元不可吗？"

这就要话分两头了。钟瑞如何应考？能否及第？这也就暂且不说了。且说礼部春闱，每逢辰、戌、丑、未之年二月，所有顺天府及各省乡试举人，以及候补京堂（官员）之有会试资格者、功勋子弟之赏给举人者，皆可以向礼部报考。

各省举人赴京会试，原先规定是由公家供应车船，号"公车"。全国各地的举人，约有六七千人之数，第一场初九、第二场十二、第三场十五，考后立即分房批卷。同考官原为二十人，后改为十八人，称"十八房"。来春这一科礼闱，有个同考官叫李良年，夜里批卷子，一边儿批、一边儿打瞌睡——泰半也是因为文章实在没有什么出色的——刚要睡，忽然听见窗外有这么一阵尖锐幽咽、如泣如啼的吟唱之声：

大宅火，裸妇躲，红云裹。

天知地知无不可，通宵达旦你和我。

这声音听来陌生，正因为从没听过，所以偏好联想——会不会是史上盛传已久的“狐鸣”啊？

李良年是个读书人，自然对于《史记·陈涉世家》里的故事了如指掌；陈涉为了能拥有揭竿而起的“天命”，不惜“丹书帛曰‘陈胜王’，置人所罾鱼腹中。卒买鱼烹食，得鱼腹中书，固以怪之矣。又间令吴广之次所旁丛祠中，夜篝火，狐鸣呼曰：‘大楚兴，陈胜王。’”

这当然是小民起义、不得不伪托于神鬼妖异的伎俩，但是“狐鸣鱼书”便从此成了读书人久闻于耳的故实，以为鬼神妖异之事既然能伪托得售，反而须是原先确然有诸，才可能为人利用。李良年听着听着，狐鸣声杳，不觉捧起手中考卷继续看下去，但觉此文见解虽然端正，文字实在平庸，便随手扔到落卷的一堆去。不料此时窗外又“狐鸣”了起来：

大宅烧，裸妇逃，红云袍。

天知地知听浪涛，通宵达旦厉冰操。

这一回听得更清楚了。李良年回思片刻，索性拈起朱笔，凭记忆将先前听到的这两段狐鸣抄录下来，反复读之；当然还是不能解识个中含义。正想继续读下一卷，忽听得窗外又传来了一阵吟诵：

大宅焚，裸妇奔，红云温。

天知地知被沉冤，通宵达旦累世恩。

听过三次狐鸣，细思其起落，仿佛都是针对着之前置于落卷堆里的那一份卷子。李良年在闱场中出入得多了，往往听说过考场之中最多阴功显报之事，每每祥异逼人，落在与文章之优劣并无瓜葛的关节上，往往就是因为考生本人或本家应该有些余福余殃没有清算，常藉此完账。想到这儿，李良年随即将那份卷子再取回来重看一遍。这时窗扇忽然无风自动，朝外打开。此际天心一轮皓月当头，只见贡院内砖门外庭中站立着一个身形伟岸的红面男子，一手卷持《春秋》一卷，一手捋着颔下五绺长须，身后朦朦胧胧摇曳着两个宫妆女子的身影。这景状，自然让李良年想起三国故事里的汉寿亭侯关云长，以及他千里单骑护送还宫的甘、糜二夫人。正转念间，月下三人居然猛可就不见了，天地之间，不过还是一园月色，满户松声。

李良年随即作想：姑不论文字如何、见解如何，这一卷的举子，必有盛德之事，才堪劳驾鬼神，落得一个如此不寻常的征应。无论如何，先将这一卷拔出，置于高列，看其他各房同考官作何处分就是。不徒如此，基于职责所在、分际所当，第二天一大早，李良年就把夜来闻见禀报了主司——也就是这一科的大总裁。

大总裁杜立德，字纯一，号敬修，是前明崇祯十六年癸未的进士出身。康熙八年以吏部尚书授国史院大学士，九年，改保和殿大学士兼礼部尚书。身为大总裁，对于场中阴骘影响，他听得更多，也更谨慎。于是当晚便将卷子取来，仔细斟酌。可是翻来覆去读了几遍，怎么也认不出有一句文采，不觉叹了口气，谁知窗外也冒出一阵狐鸣来：

大宅火，裸妇躲，红云裹。
天知地知无不可，通宵达旦你和我。

杜立德想试试这遭遇同李良年是否相似，随手将卷子朝落卷之处一扔，果不其然，窗外的狐鸣声更加响亮了：

大宅烧，裸妇逃，红云袍。
天知地知听浪涛，通宵达旦历冰操。

大宅焚，裸妇奔，红云温。
天知地知被沉冤，通宵达旦累世恩。

杜立德听得分明，猛可推窗外望，果见庭中也有一伟丈夫、两名宫妆妇女——正如李良年所称——伟丈夫自读他的

《春秋》，二妇人愁眉深锁、左右顾盼，似望人归来、久久不至模样。这当然是《三国演义》中故事。

既然说到这里，岔出去漫说一小段儿三国，表一表我对这“保二嫂、却廖化”情节之异议。

连杜立德与李良年都认那庭中伟丈夫是关羽，可见都将保着甘、糜二夫人功劳尽数记在关二爷头上。不过《三国演义》之细故不止于此。话说关二爷在汝南闻得孙乾来报玄德消息，知道刘备、张飞皆在袁绍阵中，于是，“夺门而去，车仗鞍马二十余人，皆望北行”。又，关公宅中人来报孟德说：“关公尽封所赐金银等物。美女十人，另居内室。其汉寿亭侯印悬于堂上。丞相所拨人役，皆不带去，只带原跟从人，及随身行李，出北门去了。”

事实上关二爷的安排如何？他先跟随扈人员说：“汝等护送车仗先行，但有追赶者，吾自当之，勿得惊动二位夫人。”所以接下来还是要出事。第二十七回《美髯公千里走单骑　汉寿侯五关斩六将》里的原文如下：

不说曹操自回。且说关公来赶车仗。约行三十里，却只不见。云长心慌，纵马四下寻之。忽见山头一人，高叫："关将军且住！"云长举目视之，只见一少年，黄巾锦衣，持枪跨马，马项下悬着首级一颗，引百余步卒，飞奔前来。公问曰："汝何人也？"少年弃枪下马，拜伏于地。云长恐是诈，勒马持刀问曰："壮士，愿通姓名。"答曰："吾本襄阳人，姓廖，名化，字元俭。因世乱流落江湖，聚众五百余人，劫掠为生。恰才同伴杜远下山巡哨，误将两夫人劫掠上山。吾问从者，知是大汉刘皇叔夫人，且闻将军护送在此，吾即欲送下山来。杜远出言不逊，被某杀之。今献头与将军请罪。"关公曰："二夫人何在？"化曰："现在山中。"关公教急取下山。不移时，百余人簇拥车仗前来。关公下马停刀，叉手于车前问候曰："二嫂受惊否？"二夫人曰："若非廖将军保全，已被杜远所辱。"关公问左右曰："廖化怎生救夫人？"左右曰："杜远劫上山去，就要与廖化各分一人为妻。廖化问起根由，好生拜敬，杜远不从，已被廖化杀了。"关公听言，乃拜谢廖化。廖化欲以部下人送关公。关公寻思此人终是黄巾余党，未可作伴，乃谢却之。廖化又拜送金帛，关公亦不受。廖化拜别，自引人伴投山谷中去了。云长将曹操赠袍事，告知二嫂，催促车仗前行。至天晚，投一村庄安歇。

这一小段文字反映了一个关隘之处：关二爷你保二嫂投刘皇叔，是你身为结义兄弟的本分；可廖化拼着性命、杀了同伙——套句俗语：果有弃暗投明之心——关二爷就一念之偏，认定廖化是“黄巾余党”，居然弃之不顾了。看来这还是罗贯中暗中着色，对于关二爷的器量，微微伏了一笔？

可是“蜀中无大将，廖化作先锋”这话还是传了下来，《三国演义》书中，廖化最后还是投归蜀汉，第一次作先锋是在第七十三回《玄德进位汉中王　云长攻拔襄阳郡》文中。

建安二十四年秋七月，刘玄德筑坛于沔阳，方圆九里，分布五方，各设旌旗仪仗。群臣皆依次序排列，进冠冕玺绶讫，面南而坐，受文武官员拜贺为汉中王。子刘禅，立为王世子。封许靖为太傅，法正为尚书令；诸葛亮为军师，总理军国重事。封关羽、张飞、赵云、马超、黄忠为五虎大将。

此时东吴的诸葛瑾献计，欲为孙权之子向关羽之女请婚，乃有虎（虎将）女犬（权）子之讥，孙权因此而定联曹操、强取荆州之策。即使到了这个地步，关二爷还故意问沔阳来使费诗：五虎将是哪些人？甚至故意不肯受封——因为关、张、赵、马之后，还有个他瞧不起的黄忠："黄忠何等人，敢与吾同列？大丈夫终不与老卒为伍！"

闹出这一段，罗贯中立刻掉笔写费诗出王旨，令关二爷领兵取樊城。关二爷领命，即时便差傅士仁、糜芳二人为先锋，不料二人居然因为在帐中饮酒，引得寨中火起，烧着火炮，满营撼动，把军器粮草，尽皆烧毁。这才"令廖化为先锋"。廖化的仗其实打得不错，他善用诈败之计诱敌，且终其一生，以此计得售而建勋者一而再、再而三，总能出奇制胜。至于关二爷，当这取樊城之际，已自离走麦城升天事不远了。

看罗贯中写关二爷，以包裹夹覆之态，看他如何骄恣自雄，如何排忌同列，如何拙于甄别、汲引后进僚属，情节周旋于斥孙权、拒黄忠、勉强任用廖化诸事之间，后人当知一个行年将近六十的"武圣"，亦自有其顽愚昏耄之处。可惜了一个廖化，千古以来，落一个无大将而得以作先锋之名，这比骂名还窝囊。

然而到了蜀汉后期，已经是一介老将的廖化，在《三国演义》第一零九回《困司马汉将奇谋　废曹芳魏家果报》中，又作了一次先锋："蜀汉延熙十六年秋，将军姜维起兵二十万，令廖化、张翼为左右先锋，夏侯霸为参谋，张嶷为运粮使，大兵出阳平关伐魏。"

此时的廖化虽然垂垂老矣，却还能够辅翼姜维、屡出奇谋，守剑阁、抗钟会、保元气，延刘姓宗室一脉于不绝，真正细说起三国之事来，反倒该惋叹廖化生不逢辰才是。回头看看关二爷初见他立了保驾大功，居然诬他"终是黄巾余党，未可作伴"，简直就是无的放矢地抹黑了。

说起不平之事，说书的废话便多了——如今回头再叙正文。杜立德猜想此卷作者果真有绝大功德，乃擢之卷首，成了会元。

故事：春闱之后，例于四月十五日发榜，中式者称"贡士"，第一名曰"会元"，前十名曰"元魁"。贡士还要经过一道保和殿覆试的手续，由王公大臣评阅试卷，分一、二、三等，列等者才准予殿试。钟瑞经过覆试、再赴殿试，文字也不可能好坏到如何，平平庸庸地列个三甲，已经心满意足之极。榜后，循例还有谒见房师的礼仪，分班分房，钟瑞先见到了李良年。李良年且不问同房其他得高第者，问明了钟瑞是哪一个之后，立即上前执手相看良久，才道："我之所以取君者，以德不以文；君此生究竟做了些什么样的盛德之事？可否见告？"

钟瑞侧过头、皱着眉，想了老半天，终于说："并无盛德之事可以告人。"

李良年随即从袖筒里掏出早就预备下的那张朱笔抄纸，递过去，让钟瑞看了：

大宅火，裸妇躲，红云裹。
天知地知无不可，通宵达旦你和我。

大宅烧，裸妇逃，红云袍。

天知地知听浪涛，通宵达旦厉冰操。

大宅焚，裸妇奔，红云温。

天知地知被沉冤，通宵达旦累世恩。

钟瑞前后读了两遍，再一回思，想起来了："是有这么回事，不过此事为德不卒，学生倒还十分感慨呢！"

"可以说来听听么？"李良年看一眼其他那些同房录取的新科进士；彼等初见房师，当然要维持着礼貌，于是都不约而同地说："愿闻其详！愿闻其详！"

"此番计偕北上入都，曾经在通州以北五十里处泊舟过夜。不道大约是二更天光景，忽然远看红云一片，烈焰熏灼，迎空窜烧，舟子们都惊醒了，这些人南北往来熟识，一看就明白，说是临河半里之遥，有个彭大户，其宅雕梁画栋，栉比鳞次，楼宇绵密高耸，一定是彭大户家受了祝融之灾，火势才能烧得这么旺。

"既然危难顿起于睫下，岂有坐视之理？学生遂央请舟子们齐心协力，同去救火，舟子们倒也宅心仁厚，尽力汲救了一个更次之久。终是缘着火势太猛、难以熄止。待众人力竭身困，实在是不足为助了，眼看熊熊回禄将偌大一个宅子烧去了大半，唯呼负负而已。无何，只得悻悻然回到渡头。

“不料一登船，却见有一裸身女子，瑟缩觳觫，蹲踞于舱房之中；学生不敢僭越窥伺，赶紧背过身去，问她登船的缘由。原来竟是彭大户家刚过门的新妇，因为火起仓促，只在梦中惊醒，来不及披衣着裳，就逃出来了。学生想起随身箱笼之中，尚有毛皮一领，遂吩咐那妇人自家寻出，勉为裹覆。

“我听那新妇自述身家，原来新郎也是今科入京来与会试的举子，那就是同学之妻了，于是益发礼敬奉候。然而舟泊野渡，若即刻遣回，又怕途中阒暗，而劫余之家，夜半又如何能妥为安置呢？万一再生枝节，反倒难以周全了。于是只好勉为留置。可是女眷在侧，不能不小心护卫；授受又须防嫌，学生别无他策，只好在舱门外趺坐终夜，乃于次日拂晓，再亲送那妇人回彭家去讫。”

说到这里，数座之外有一少年忽然抢声问道：“既然如此，年兄方才却说什么‘为德不卒’，这又是怎么回事？”

钟瑞点点头，叹口气，同那人说：“也是我素来不娴于人情世故，不能替人设想万全。送了那妇人回去，我自返回舟中，听那些舟子们闲话，说这妇人回去之后，必定要教夫家怀疑嫌弃的。试想：少艾新妇与陌生男子独处一舟之中，尺寸之地，通宵达旦，还裹了一袭狐袍回家，要说一夜相安无事，其谁能信？想到这一步，我反而自觉鲁莽了。可是试期紧迫，不得不匆匆解缆北上，那新妇后首究竟如何，竟不暇计较——”说到这儿，钟瑞回身冲李良年一揖，摆了摆手：“说来惭愧，实在不敢当此‘盛德’之称！”

李良年却还是竖起大拇指，对钟瑞道：“君子慎独，就是在‘问心无愧’四字而已。此心俯仰清明，鬼神可鉴，你的盛德之功，就应在这一科的金榜之上，不必诛求已甚，那反而辜负且拂逆了天意。”

李良年话才说完，之前追问钟瑞“如何为德不卒”的那个士子忽然欺身上前，崩角在地，朝钟瑞拜了几拜，放声大哭着说：“我错了！是我错了！我就是那新妇的丈夫——舟子们说得不错，若不是闱中显报如此，无论年兄你怎么说，我还是以为我那新妇迹涉嫌疑，不可骤信。是以当下便逼令大归，从此绝无往来了！”

李良年看那新科进士哭得惨烈，回头却对钟瑞笑着说：“阴功盛德之事，不止一端而兴，亦不止一端而足。但凡是一桩好事，连绵不绝，永无休息！你——这不又让一桩给打坏的姻缘重圆破镜了？”

这功德还不算完，千年狐大老那一张赤毛皮子之后流转于人间，持有之人都知道：能舍此物，积善不绝，方足称宝！

一叶秋·之十

懋德堂张家的那本儿《一叶秋》里最受欢迎的故事抄自纪晓岚的《阅微草堂笔记》，我浑不记得是《滦阳消夏录》呢，还是《如是我闻》？反正我家那抄书的祖辈不做翰林院的学问，说故事，但求广其流传，向不计较张冠李戴。

那是曾经担任过乾隆朝礼部、刑部、工部尚书，以及《四库全书》馆总裁的裘曰修所亲身经历的一件事。说是裘曰修祖传老宅里有一狐仙，这狐仙也相当老了，也有一大家子丁口。仙凡两界共处一宅，原本相安无事。可是忽然有一天，裘家一丫鬟夜间行经宅后的一间柴房，听见里面喧哗不已，登时大为诧讶。这丫鬟禁不起好奇心的驱使，舔开窗纸一看，里头几案雅致，饮馔精洁，居然还坐着几位华服公子，正在饮酒行令，调笑作乐。丫鬟窥瞷出神，耽搁了片刻，不料却让那群公子们掳进屋去，轻薄了半夜。

第二天天一亮，丫鬟便哭哭啼啼告到主母那儿去，以名节相邀，有寻死觅活之态。裘曰修于是亲自出马，对着屋梁上向老狐仙放话，要他约束子弟。过了两天，四下无人之际，梁上居然传来老狐仙的回应：“关于骚扰妇女之事，我已用家规训斥了子侄，日后当不至于再发生这样的丑事。不过——”

老狐仙话锋一转，反而扭头教训起裘曰修来：“你家里蓄养奴仆，也应该注意男大当婚、女大当嫁之事，这是人伦风教的根本。有侍婢及龄而不遣嫁，就违背了人性，致有夜半窥园之祸，你老人家也不是没有责任的。”

这故事在情节上无足称奇，但是却别有一种温暖的寓意。大凡狐之通灵，还散发着一种洞明世事、练达人情的智慧，又岂在炫奇弄怪的分身法、炼丹术而已？更深刻的是：“人伦风教”这一类的话一旦出自三家村的冬烘，或者是庙堂上的名儒，就只剩下纲领旗帜一般的教训，而失却了活生生的血肉。

拾壹·俞寿贺

所谓神仙事，
即是男女事。

道光二十四年甲辰（公元1844年），安徽桐城东乡有个农夫，叫姚十七，锄地锄着个坛子。坛盖儿上有敕勒封口，可是不管用，因为姚十七一锄到位，把坛肩之处耪开一个大窟窿，登时冒出一阵白气，上冲十余丈之高，久久不散——但闻空中有人声，说："闷煞人也！闷煞人也！这可不有二百年了么？有二百年了不？岂料还真能重睹天日呢！"

姚十七猛里吓傻，趴在地上不敢抬头，但听得空中之人复又说道："老兄不要怕！你放我出来，我是知恩感德的，必将有以答报，不会害你的。你回去罢，晚上我自会到你梦中去的。"这话说完，坛子也不再冒白气儿了，姚十七打掌缝儿里偷眼朝上一眄，晴天朗朗，万里无云。

不多时，姚十七的老婆来送饭食，看见丈夫趴在地上瑟缩觳觫，不能言语，呼之不能应答，撼之仍自惺忪，只好扔下食篮，将姚十七扶起，背回家去。回了家也是一样，姚十七竟日喃喃呓语、咄咄称怪，可又什么都说不清。他老婆看这是中了邪，便叹口气，跟姚十七说："咱们只有出个汤、看着罢！"

"出汤"，黄、淮一代乡间向有此俗。持清水一碗，中间放三根筷子，左手扶筷子立住，右手自碗中掬水浇淋之，口中默呼鬼神之名。鬼神何其多，岂知该找谁呢？这里有一些机关。乡人但知仙鬼妖精，也如同人世，各有管束。只消呼求无误，那能够管事的正神明鬼，总会出头料理自家辖下的纠葛。一旦所呼求的正是闹祟者或者其直辖上司，那三根筷子便好似香炉里的三炷香一般，稳稳立于清水之中，不致倾倒。如此一来，冤头债主现形，再取茶一撮、米一撮，洒在碗里，念些个善颂善祷之词，阴司自然会有清审公断。遇上难以消解的闹祟，这一套是极有用的——此之谓"出汤"。

出汤出了一两个时辰，居然请到东岳大帝才见效验。姚十七不再发昏呓语，安安静静地睡着了。这一睡着，果然得梦——梦中的确有一伟丈夫，穿戴的并非本朝衣冠，额头上居然画了网巾，看上去还是个读书的。此人笑吟吟排闼而入，听说话腔调语气，也正是白昼空中那人。

“我叫俞寿贺，感君破坛相救之恩，特来相谢！”

“你既然有名有姓，听口音还是本地之人，如何作这身打扮？又如何藏身在那样一个小坛子里呢？”

“咱们的确是同乡——”俞寿贺说，“前明崇祯殉国那一年是甲申，有一回我大白天里不知不觉睡着了，忽然看见一个额上生着两只犄角的鬼卒，打从院墙之外凌风而至，二话不说，朝我脖子上一搭铁锁，就朝外拉扯。我还没来得及喊叫分说，但觉眼前一片风尘雨雾，掩击口鼻，几至于不能吐息。所幸未及片刻，也就停下来了。

“来至彼处，是一座绝大厅堂，俨然是个深广衙门，望之竟无边无际。我朝前又走了怕不有一里多远，才望见堂上端端正正坐着个黑面大头郎君，官威甚是森严。此官身边还站着个唱名小吏，我一面走，一面听他含含糊糊念说些平生官职经历，我也不甚在意。等趋近案前一箭之地，上坐黑面郎君忽地喝骂起我来：‘你家累世受君国豢养，不图答报，反倒勾结贼虏，荼毒生灵，罪孽深重，应发付炮烙之刑！’

“上坐郎君话才说完，一旁便过来个身长数丈的大恶鬼，肩上扛着根八尺高的铜柱，置于大堂西侧一角，此鬼徐行过我之旁，却叫我看清楚那炮烙的铜柱——柱中炭火炙热，烈焰飞腾，不一会儿便将柱体烧得上下通红。此时一旁又冒出来两个青面赤须、狼眼獠牙的鬼卒，忽地将我发辫揪起，衣衫褫去，我一面打着寒颤，一面啼哭，情急胆裂，只能放声喊道：‘小人并未勾贼！小人并未勾贼！受这样的酷刑，心有不甘哪！心有不甘哪！’

“上坐郎君只是怒目相视，骂道：‘你还敢喊冤哪？’说着，朝我扔过来一部册子，但见册子首页即恭楷大字写着：‘极凶鬼犯一名，余寿鹤，南直隶铜陵县人。顺治二年夏，左良玉师次九江，该犯勾其部曲，扰劫沿江一带居民，除淫掳不计外，共杀老幼男女六万八千四百三十五人，罪应炮烙，六千八百四十次。’

“我急忙申辩说：‘小人乃是桐城俞寿贺，不是铜陵余寿鹤。小人生平未出吾乡，于左良玉元帅只闻其名，一向不识其面，更不能勾通其部曲，尚祈大人谅察！’

“上坐郎君一听我这么说，脸色忽而和缓了许多，又问了声：‘你当真不是铜陵余寿鹤吗？’我说不是。他赶紧让我起身，给看了座位，并唤从属僚吏仔细覆勘，这才查出来：我桐城俞寿贺还有三十七年阳寿。原来是那额上生了两只犄角的鬼卒把我误当成‘铜陵余寿鹤’，给拘了来。当下上坐郎君立即宣判：打那鬼卒三百鞭，仍令其送我还阳。

“可这三百鞭打得好生耽误。一旦刑责用满，天色也晚了，加之以鬼卒吃刑伤重，行走当然不便，再送我还阳之时，就没那么轻便、快捷了。当时暑天燠热，回到桐城之际，鬼卒大喊了一声‘哎呀不好！’原来我的尸体已经发腐朽臭，就算魂魄未消，还阳所需的皮囊已经不堪使用了。鬼卒连声大叹：‘坏了！坏了！不成、不成了！’我生怕他撒下我不理，急忙紧紧拽住他的袖子，道：‘这可不行！你得还我一个安置！否则，我再回阎君殿上去告你一状。’

“那犄角鬼抓耳挠腮地想了个半天，终于像是想起了什么，嗫嚅着说：‘我有个法子，管保你老兄活着比做人还要乐；单看你意下如何了？’我当然得问：‘什么叫比做人还乐呢？’鬼卒道：‘南山之下有头千年老狐，每每在月下炼丹，大道垂成，我倒是可以趁其不备，略施手法，把他那丹夺了来，让你吞了。如此一来，你就位在鬼仙之列，当然是不能再世为人了，可是鬼仙却能够从心所欲，不是比做人更乐得多吗？’

“我看我那尸首已经溃烂得不成模样了，无可如何，也只能依从其计。这一天，正逢满月之夕，鬼卒把我带到南山之下，果真看见一头牛也似的大赤狐，正跪在旷野之处，望而拜月。拜时口含一珠，忽而吐出来，让那珠在空中滴溜溜地旋转、飞腾、飘坠。彼珠大如弹丸，宝光四射，璀璨晶莹，令人不能逼视。但见那鬼卒蓄势数刻，终于找着个空儿，趁那大赤狐将丹吐得老高之时，一阵电光石火，飞身上前，凌空夺下珠来，复欺近我身边，撬开我的牙关，将丹扔进口中，随即胸前背后各拍了一下，我只觉一阵冰凉自喉入腹，直下丹田了。

“大赤狐失了丹，不由得痛哭失声，起身要同这鬼卒扭打，不料鬼卒嘻皮笑脸地说：‘你这老蠢物，连个小小的丹都保不住，还炼什么呢？如今没了丹，你又拿什么同我斗呢？从前我怕你，如今没了丹，你龇牙咧嘴地干什么？还要我怕你吗？’大赤狐闻言，顿时萎了，只能冲着我怒目而视，继而转怒为悲，连声哀叹着说：‘丹被你吞去了，也是天意；你一旦修得大道，登了仙箓，千万不要忘了提拔我——唉！这样一来，我又得迟一千年方能得道了！’

“鬼卒接着也向我贺喜，道：‘郎君得了这将成之丹，平添千年神修，大道转瞬而致。如果能够一意修炼，十二年可以成地仙；再十二年可以晋天仙。不过，有一事非同郎君你耳提面命不可。那就是修炼入仙，最忌女色，尤须避嫞妇、处女、比丘尼。倘若冒犯了这三种女身，必获天谴；而且一旦亲近这三女身，必至于露形而骇世，也将不利于用功——这些，你都要牢牢记下了。’”

一个肉身皮囊一旦解脱生死，成了鬼仙，还能牢牢记住这些话么？有那么一小段看似旁观者素笔勾描的文字，简要地将初登此境的俞寿贺的生活作了如下的描述：

自后，乃探名山、济巨川，陆不车、水不船。下达九幽之地，上升九重之天。凡十洲三岛，宇内所称名胜者，无不悉恣游观。不渴不饥，无暑无寒。漱石饮水，风衣日冠。凭虚御风，随遇而安——居然散仙也！

终究还有可惜之处：俞寿贺欲心未断，见美色犹未能忘情。先上来几个月，还能谨记鬼卒的教训，自凡所戒的三种女人，一概不敢冒犯。实在有欲壑不能填，忍将不住，便入青楼。反正勾栏中人，无伤于名节。是以每过一风月场，便择取一院之妓中最妖娇婉娈之辈，纵情而狎之。但是，他却未曾料到：这色戒既破，往往易放而难收。之后再遇上良家好妇，也会垂涎而思染指了。

俞寿贺接下来便对姚十七说到了关隘之处：

“我所吞服的是狐丹，这与寻常鬼怪是不同的。天狐修行，讲究的就是变化，不惟能具人形，还能随心所欲，修饰面目。要变成陈平、潘安那样的美男子，不过是一转念间的工夫而已。是以良家子之不能究根柢者，也只能爱慕我的容颜，听任我的使唤。同女子往来，已经到了这种无入而不自得的地步，我也就逐渐忘了戒律。就算偶尔想起来，也全当那是鬼卒不想称我之心、遂我之欲的一番废话了。

“偶然间有一次经过浙东温州府，正逢着城外酬神爨弄，大张戏台，串演传奇。男女老幼，观者如堵。其中有那么一个小姑娘，年纪约可十五六岁，姿容冶丽，绝色无匹。我看此姝正站在一座戏台底下观看台上演的一出《袄庙火》，神情迷离颠倒，仿佛有着无限深情，就直要飞上那戏台去了——”俞寿贺说着时，两眼一眯，似又亲睹着那佳人的痴狂之态。

什么是“袄庙火”？先得解释了这三字；此三字有解，还可以牵拖出另一个词儿：“蓝桥水”，便恰好又是这一篇《俞寿贺》故事之潜主题——那就是男欢女爱与修真之敌垒对峙。

先看底下这一段戏文——出于王实甫的《西厢记》第四折：

[得胜令]谁承望这即即世世老婆婆，着莺莺做妹妹拜哥

哥。白茫茫溢起蓝桥水，不邓邓点着祆庙火。碧澄澄清波，扑刺刺将比目鱼分破；急攘攘因何，扢搭地把双眉锁纳合。

[夫人云]红娘看热酒，小姐与哥哥把盏者！

[旦唱][甜水令]我这里粉颈低垂，蛾眉频蹙，芳心无那，俺可甚“相见话偏多”？星眼朦胧，檀口嗟咨，攧窨不过，这席面儿畅好是乌合。

[旦把酒科][夫人央科][末云]小生量窄。

[旦云]红娘接了台盏者！

[折桂令]他其实咽不下玉液金波。谁承望月底西厢，变做了梦里南柯。泪眼偷淹，酩子里揾湿香罗。他那里眼倦开软瘫作一垛；我这里手难抬撑不起肩窝。病染沉疴，断然难活。则被你送了人呵，当什么喽啰。

“祆庙火”旁处可见者——不论是在元曲或明清小说之中，都是和“蓝桥水”作对仗，有论者以为“蓝桥水”是《庄子·盗跖》篇里盗跖持之以教训孔子的故事：“尾生与女子期于梁下，女子不来，水至不去，抱梁柱而死。”可是庄子从来没说这桥名曰“蓝桥”，可知本是附会。其实“蓝桥”在陕西蓝田县东南蓝溪之上，语出唐人裴铏《传奇·裴航》。故事里的裴航遇见仙女云英之处，即是蓝桥。所谓：

一饮琼浆百感生，玄霜捣尽见云英。
蓝桥便是神仙窟，何必崎岖上玉清。

单就这诗内容可知：所谓神仙事，即是男女事，除两情缱绻之外，哪里有什么神仙故事？

从“蓝桥水”回头看“祆庙火”就很清楚了。祆庙，就是指人的身体，身体里冒出来的火，多半是指情欲。戏台上搬演《祆庙火》，不一定是西厢故事，说不定就是借这个词儿所发明、衍申出来的绮艳情节。看得那闺女如醉如痴，俞寿贺当如何？——“我不禁窃笑自语：‘此儿情窦初开矣！’当下遂化身成一美少男，刻意以眼神挑她；女郎非但不以为忤，也时时眉目传情，看来这勾当是就要成了。

“薄暮时分，我隐身随她进城，才知道这闺女是温州府某富室的千金。夜分人静，我看她下帏掩户，对着盏灯儿，若有所思，料想是能够一举而得手的了，于是复变为之前那美男，排闼搴帷，长驱而入——果然，片刻之间，也就一亲芳泽，共沾雨露，成就了好事。”

听到这一段儿上，姚十七仿佛才明白了神仙之佳妙。这时非但不害怕，还津津有味地问道：“世人都晓神仙好，却不知神仙之好，还这么扎实！”

“莫说你这凡夫俗子心向往之，竟连我这身怀近千年大道狐丹的鬼仙，都因此中滋味畅美，而不克自拔了呢！”俞寿贺接着说，“可别害得你夫妻俩‘白茫茫溢起蓝桥水，不邓邓点着祆庙火’，烈火干烧，难以宁静。当时欢好融洽，就只用八个字来形容罢，真所谓‘曲尽绸缪，情均伉俪’了！

“我同这闺女私下往来了将近一年的岁月，每每夜半相会，昼间回避。就算有时睡迟来早，不免稍露踪影。可我毕竟擅长隐身之术，无何不落人以实柄。那富室也是个几代殷实的大户人家了，儿女教养，规范森严；一旦放浪形骸的事儿做惯，日久天长，行止间还是有些风骚散播，不免微微现出了破绽。闺女的母亲便时时来与闺女同寝，想要尽窥端倪。我也丝毫不以为意，有时趁着那做母亲的在床榻上熟睡，竟也敢现形与闺女调笑交欢。这——如今想起来，的是好玩；也的是孟浪太过！”

“你那丈母难道始终不曾同你照面么？”姚十七咂巴咂巴嘴儿问道。

“忽一夜，闺女那母亲蓦然惊醒，我一时隐身不及，教她看见了。于是大喊有妖，叫来家人，齐持棍棒到处劈打。我当然不至于受些许伤苦，可这一家子却深信是妖邪缠祟之害，第二天就请来了一个游方的道士。此道不是别人，正是青城山全真龙门派碧洞宗陈清觉师祖的第四代弟子高无极。”

“这高无极是个厉害的么？”姚十七的老婆也岔上了嘴。

“我初不以为意。”俞寿贺接着说道，“看他们在院中忙活了一整日，搭了一座三丈高的坛台。当天夜里，才交子初，高无极已是一身法官打扮，同他的两名弟子登坛具表，上请仙界星官神将，下凡擒妖。到了那时，我还不以为意呢——但见那高无极将大袖一拂，掌中居然霹雳有声，朝天一舞撺，天门忽然大开，淡云轻雾各向东西两涯退去，诸神甲胄铿锵，剑戟明晃，登时布列了十方网罗、八表牢栅，六合之内，无不森然。

“我还想隐个身儿，到此时方知天地间毕竟有抹不净的踪迹、洗不清的埃尘。正是光明无限，哪里是夜半子时的景色？耳畔只听得天边地角到处是那法官的声音，道：‘妖邪将欲何往？诸神速为我擒来！’说时迟、那时快——我还没来得及眨眼呢，遍天遍地、烛照幽窅的满世光明立刻就化成一壁黑暗——我已经叫他们给捉进坛子里封起来了！”

“那你可怎么办是好？那闺女，可也就再也见不着面了呀？”姚十七叹息着说，不时踱足于地，似乎万分懊恼。

“我才进那坛子里可真是懊丧得要死，也郁闷得要死！”俞寿贺道：“隐隐然还能听见那闺女抱着坛子啼哭，我听了肝肠寸断，悔恨不迭；可那闺女也情伤难受，益发地撒泼辱骂高无极妖道、痞赖，辱害良人。她父亲本想找来一只大鼎，将我连那坛子一块儿扔进滚水里烹了，好永绝后患。不意高无极却在此际帮衬了我一句，他说：‘不可！此妖并无死罪。你且小心发付家丁，将这坛子送往他故里安徽桐城东乡旷野掩埋。幽囚二百年之后，天刑毕满，他自有他未了的仙缘。’——说起这仙缘，我还得将你夫妇二人同我的凡缘先了断了再说罢。

“当年那闺女同我情投意合、两心欢洽之时，也曾经相互馈赠，以示恩爱。我给她的麟囊锦饰，不计其数，大约也值当得她一生把玩，回味不已了。可她给我的玩意儿，也是些传家之宝、稀世之珍，除了金条脱一双、白金十铤，还有玛瑙翡翠珊瑚明珠之属，都在温州府西郊系云山马鞍石下，砍地三尺，必可得之。俞寿贺感君放生之德，聊以答报而已！你夫妇，可千万别谢我。”

闲碎话不多说，姚十七夫妇把仅有的一点薄田卖了，充作盘缠，一趟千里程途，去至温州府系云山马鞍石下，挖开了个三尺深的坑儿，宝贝果然都还好端端地在里面。他夫妻俩发了不说，富厚人家便有家训了——姚家的家训很简单，一共三条：“耪地要耪得深，此其一；信神要信得殷，此其二；女儿养大早嫁人，此其三。”

一叶秋·之十一

《一叶秋》算是一部“书钞”。

它在咱们懋德堂张家一向有个小小的争议。抄录并传衍这样一部故事、杂谈是为了向子孙敷衍教化？还是为了提供茶余饭后的谈助？一代又一代的老奶奶们各有不同的看法，而且从来没有调和之论——也就是说：从来没听说过谁会以为它既有敦励人心之用，又有娱乐耳目之资。在我老家，一事不能有两个主意，目的不可得兼。

主张传此书以涵养德行者认为：故事之于人，最后就落在对人事结局的感悟上，思之者再，味之者三，很自然地就逐渐剥落了情节、人物、景致，或者在故事发展之中一点一滴、激荡累积起来的情感，这些从老古人口传的神神鬼鬼妖妖狐狐身上，最终还是会回到很简单的人生命题，只这命题会随着读者之情智知见而有异，亦不可勉强其为同罢了。

但是另一派的主张却全然不同。我姑姑、我母亲就认为：故事逗人悲喜嗔哀，有如天无私覆、地无私倾；故事里的教训往往是说故事的人忍不住插科多嘴，踵事增华，犹如宋元人画，偏教后世之帝王、藏家给添盖了许许多多的图章，这些宣示所有之权的图章一而再、再而三地扑掩而下，反而遮蔽了原作的面目。用我的理解来说，大约就是当人们听了或者读了故事，留下的印象却仍然是自己人生的感怀和体会，那么这个故事不过就还是在注解着那个听着、读着故事的我。

我的母亲很少会跟人说一个完整的故事，更不消说什么带有教训的故事了。姑姑也是一样。前后相隔四十多年，她们二位曾经不约而同地跟我说过一个连“段子”都谈不上的情节，而且内容一样没头没尾，却令我印象极为深刻。

说：“剪子巷那徐矮子还没张板凳高，每回打儿子都得站在桌面上打；他那些儿子倒也没一个矮的，可挨起打来都情着，一步不肯退。”

“情着”，在我家乡话里就是“受着”。我初听这情节的时候大约也没张板凳高，再听时我的儿子已经比桌面还高了。第二次说的人是我姑姑，居然连字句都与我母亲四十多年前所说的大致仿佛。徐矮子是谁？他的儿子们又如何了？徐矮子为什么打儿子？打出什么结果了吗？……通通没有交代。

可是，凭一叶而知秋，就是有这么点儿意思。

拾贰·潘一绝

从此「大清律例，祖宗成法」成了一部可以开阖由人的机具。

潘达于是个今年刚满一百岁的老太太。她原本应该叫丁达于的，父亲丁春之曾任清代山西知府，辛亥革命以后做起了生意，成为苏州最早的实业家之一。潘达于本人是因为嫁到夫家而改姓潘的。为什么改姓呢？因为夫家没有继承人了。

那是1923年的事，年方十八的丁达于嫁到吴县的潘家大户，新婚三个月，丈夫潘承镜就去世。潘家就此算是绝了后，却似乎总让人有“天实为之”的联想——先说这短命的丈夫潘承镜。

潘承镜名义上的祖父叫潘祖荫，是个“天阉”，膝下无子。他的弟弟潘祖年原先有两个儿子，过继给哥哥潘祖荫之后，忽然相继夭折，当地人都觉得怪。不管怎么说，潘祖荫都称得上是个循良的官吏，怎么老天爷对这一家的香火斩得这么绝呢？这是今天的故事——在“香火”观念越来越淡薄的今天，这个故事只不过是个故事，没有什么教训的意义。

潘祖荫（1830—1890）字伯寅，号郑盦，清代吴县人。状元宰辅潘世恩之孙。咸丰二年（1852年）一甲第三名进士。历任侍读学士、大理寺卿、守乙部右侍郎、工部尚书、军机大臣等。咸丰十年，上疏力保被弹劾的左宗棠，并密荐其能，左宗棠因而获释起用，独领一军，终于成为清代中兴名臣之一。

潘祖荫又先后纠弹过钦差大臣胜保、直隶总督文煜等，直声震京畿。同治二年（1863年），疏请减江苏赋额，苏淞太因获准减额三分之一。四年，恭亲王奕䜣被弹获谴，上书请求持平办理。光绪七年（1881年），中俄《伊犁条约》签订，条陈善后策五事。十五、十六年，浙江、顺天水灾，致力于赈灾救民，疏请设粥厂。这些，都算是积极任事的一面。比起他为官整整五十年的祖父来说，的确不遑多让。

潘祖荫也是知名的金石收藏和鉴定家，图书金石收藏闻名南北。著有《滂喜斋丛书》、《攀古楼彝器款识》等。他的墓在今日吴县东跨塘桥东南葑白荡（今属木渎），遗留下来的大批文物原先是由潘祖年秘密赴京押运回故乡的，存放在苏州南石子街的潘家旧宅中。这批文物数量之巨实属罕见，除了一大间屋的青铜器，另有一大间专放古籍版本和字画卷轴。在潘承镜死后第二年，潘祖年也去世，刚过门不久的潘达于就挑起了掌管门户、守护宝藏的重任，直到今日。

吴县的人一向景仰潘家数代以来的官声，尤其是潘祖荫。他好学、有才、干练，而且勤于任事。但是有一桩影响大清朝国运至巨的案子，他没能一肩膀挑起来，实属可惜——这案子非但成为他一生宦绩的污点，也着实关系着满清王朝倾覆灭裂之关键。

满清入关以来，一向极为崇尚法治，这当然有其异族入主者在统治地位上的动机——不出之以霹雳手段，不能长久威慑万姓耳。崇尚法治成为一种施政的精神、肌理，自然有正面的意义。这种精神一旦遭到破坏，对于掌握权力的人来说，实在大开方便之门；对于没有权力可资运用的人来说，便是彻底斫丧公是公非的刀斧。

且说光绪初年，两宫太后垂帘听政。虽云共治，“东边儿的”凡事宽俭辞让，遇有不惬于心、不合于意的事，往往退守八个字的分寸："大清律例，祖宗成法"，所以是极好相与的主子。"西边儿的"则不同。光绪是慈禧太后姊妹与醇亲王所生之子，名位虽次而用事则积极百倍。试想：宫禁之中如何参与甚或了解外庭机要？当然就得要靠太监奔走了。

光绪五年，据说是西太后生病，必须派遣太监往醇亲王府传话——这是事后的说辞，大约是为了取得一个更好获致同情的地位而编造出来的理由，是故并不可信。总而言之，有西太后派出来的太监要往醇亲王府而去。

故事：太监出入，不得走正门。可是这名被派出宫去的太监恃宠而骄，强欲自正门而出，守大清门的护军当然依法拦阻下来。那太监勃然大怒，居然恶言相向。相骂无好口，相打无好手；护军的威信受到个阉人的挑衅，自然益发强硬——毕竟，以律绳之是最安全的复仇。可太监偏不识相，非要夺门而出不可。护军仍然加意拦阻，并且在冲撞中，让那太监受了一点儿伤。

太监当时不得已，屈服了。但是醇王府里办完了事，回宫当然还是要告状的。太监夸张了身受之伤的严重性，西太后几乎没有思索的时间，当下震怒——就一个随时担心自己的威仪不够、尊严屡受践踏的大人物来看，她的反应不能说不正常——那大清门的护军侮辱了太监，就是侮辱了自己。而越是这样包揽着设想，她还越是相信那护军原本就想侮辱她。

接着，她请来了东宫慈安太后。哭诉之时还表示：如果慈安不能出面杀了那一名护军，她就要自杀。这是很典型的一招借刀杀人——在暗巷里呼冤，博取同情之后，裹胁他人到大街之上杀人报仇，自己反而落得手脚干净。事成，则不徒泄了愤，还让“东边儿”担了担子；不成，起码讨了个极大的委屈人情。

慈安没有想那么深，但是杀一个按律执法的护军，则前所未闻，也不应该有。于是赶紧召来了刑部尚书兼南书房行走潘祖荫。慈安把慈禧的意思说了，也提出了附和西宫的建议：拟批斩立决。

潘祖荫熟悉律例，当然知道这样拟判是有问题的，因为无论如何，那护军所作所为，是在维护法律，维护法律者拟以大辟，天下法将如何糜烂？天下人将如何胆寒？然而他还另有一个自以为能够求其两全的想法——

按大清律例，凡是死罪中应处斩、绞的重大案件，在京的由“三法司”会审，在外省的由“三法司”会同覆核。

在京的会审之案，先由“小三法司”即大理寺左、右寺官及都察院有关道监察御史到刑部与承审司官一起会审录问，叫作“会小法”。审毕，“小三法司”各以供词呈报堂官。然后，大理寺堂官（卿或少卿）、都察院堂官（左都御史或左副都御史）挈同属员再赴刑部，与刑部堂官（尚书或侍郎）一起会审犯人，谓之“会大法”。如有翻异，则发司复审。如果三方对案情认定无疑义，及所拟罪名意见一致者，由刑部定稿分送院、寺堂属一体画题。

在外各省总督、巡抚具题重辟之案，同时皆以随本揭帖分送刑部、都察院和大理寺。由部、院、寺分发其下属有关司道及左、右寺承办。有关司道及左、右寺先据揭帖，详推案情与所拟罪名、所引律例是否符合，各自提出覆核意见（即预定谳语）呈堂。由刑部主稿钤印，分送都察院、大理寺。如果刑部勘语与院、寺勘语意见一致，院、寺即画题，但必须在八日内送回刑部；如果意见不一致，有改易的，亦必须在八天之内声明缘由，交回酌议。刑部再定期移知院、寺赴部，细绎案情，详推律意，各秉虚公，画一定谳。

按规定，凡重辟，必须三法司的意见完全一致，才能定案。如果意见统一，由刑部主稿，院、寺画题，奏闻钦定。若意见仍不能一致，允许各抒所见，候旨酌夺。但不得一衙门立一意见，判然与刑部立异；只许两议并陈，候皇帝裁决。

然而护军执法，居然搞到求刑论死的地步。消息一传出去，舆论大哗。左庶子张之洞、右庶子陈宝琛皆上疏力驳其非。此事古今同一理：越是有不当干预之力介入了司法，被介入之司法一界，就越是要端出一种持论甚高的矜持之态，乃至于越是要故作法理不容侵犯的严峻之态，不论是什么态，都属惺惺作态罢了。是以就在这个时候，潘祖荫迫于清议，不得不郑重其事，另外调派了八个干员审理此案。这八个人心里都明白：不过是要推求磨勘出那大清门护军还有什么该死的言语，尽管含沙射影，也得勉力诛心。

然而仔细推求了几天，还真罗织不出什么应该问死罪的情由，于是八位主审司官联袂见了潘祖荫，提出了他们的主张：就法论法，实无可杀之罪以论之；如果太后必欲杀此护军，何妨于宫中出“特令”杀此人，“本部司官，不敢与闻。”——这在后来，就叫作“公务人员不服从”——因为实在太不像话了。潘祖荫无可如何，也只能这样的结论覆奏。

慈安太后这时心里头也逐渐清明起来：看上去“西边儿的”颇有些“项庄舞剑，意在沛公”的架势，但是就她自己的立场、个性来看，都不能作更积极的处置了，只好温言婉语地跟潘祖荫说：“委屈你了！你得有一个说法。”

慈禧召入潘祖荫的时候，已经得知刑部里会勘的情形以及结论。她没让潘祖荫开口，先自号啕大哭，一面数落起潘祖荫的家世——当然要从他祖父“状元宰辅”潘世恩说起——从潘世恩始，吴县潘家世受国恩，享天禄、食皇饩，而竟不能杀一大不敬之走卒。骂到后来，据说连脏话都出口了，真个是“泼辣哭叫、捶床村骂，声嘶不止”。

潘祖荫回到刑部，据说也是拊膺顿足，痛哭不已。因为他找不着肩膀来扛下这个案子。既要迎合上意，又要弭平公论，最后他只能做出和稀泥的处分：将那护军处以“死刑减一等发落”。给了乱法者一个根本不配拥有的颜面，误了一个执法者完全不能弥补的人生。此案结束之后，太监们滥权以逞，势焰熏天，非但可以恣意出入正门，还可以携伴伙友，俨然将宫禁视为自家的宅第了。

重要的不是宫廷门禁如何丧失其森严，而是法治如何因一案一例而崩溃。光绪五年这一宗原本算是小小的违禁案，却给慈禧上了如何藉由政治手腕操纵法曹的一课。她从此知道，“大清律例，祖宗成法”是一部可以开阖由人的机具，完全顺服于当权者的意志。

光绪二十四年的戊戌政变，捕杀的六君子之一叫刘光第，时任职于刑部，当牢卒传呼提人犯的时候，他还安慰一旁同囚之人，说：“不要紧，这只是提审而已。”不料提人行进的路径一路出了西门，径赴菜市口而去。刘光第大惊失色，高喊：“未提审、未定罪，即杀头，哪有这等昏愦事？”

再过五年，就是沈北山事件了。沈荩，字北山，号愚溪，自立军统领。善化（今属湖南长沙）人。早年参加湖南维新运动，与谭嗣同等商讨国事，思想激进。1899 年与唐才常东渡日本，谋划发动起义。次年回上海，至武汉建立自立军第七军，任右军统领。起义计划泄露后，去上海，随即潜入北京，继续从事反清活动。1903 年撰文揭露清政府签订《中俄密约》阴谋，震动留日学界，引发巨大风潮，他本人也旋即在北京被捕。

可是慈禧当时快要过生日了，不愿意公开杀人——或者说，一旦有死囚定罪要杀，却必须因老佛爷万寿而减罪，这对慈禧来说是“划不来”的事。于是索性不定罪了——就在七月三十一日这一天，她派遣太监出宫，亲传口谕，就让狱卒杖杀沈荩于狱；并嘱狱方向刑部报为病死。据说沈北山身体强壮，虽然遍体鳞伤，脏腑鱼烂，筋骨尽碎，血肉横飞，但是久杖不死，打得满墙四五尺高处都是血迹，经过整整两个小时的凌虐才断了气。血迹，倒是一直没有人清理；据说这样很能威慑人犯。

此事直到第二年，被一个潦倒政客发现，才大白于世。

这人是国语注音符号的创始人王照（1859—1933），原先是康、梁一路的维新人物，依附帝党而得势。戊戌政变之后，康、梁出奔，他也跟着跑了。可是王照是个首鼠两端的骨格，仍然心存侥幸，总想早日脱离这个向下沉沦的维新漩涡，恢复一官半职，便起而揭发康有为声称拥有的光绪皇帝“衣带诏”实属伪造，破坏了康、梁在日本劝募发展之谋，以至于被康有为软禁起来。几经折冲，才辗转逃回中国。

王照回到北京之后，打听到会有特赦，居然想了步怪招：自请入狱，以便等待赦免。他所居住的，就是前一年杖杀沈北山的牢房。这王照虽然是个在政治立场上反复无常的小人，但是他亲历缧绁，指证恶行，算是不无细行了。

在狱中待了几个月，侘傺无聊，王照还写过几首关于沈荩的纪事诗，后来广受诗坛骚人注意——毕竟杖杀事极惨，争相唱和者不少，其中有一首安徽某公所撰，十分阴损，是这样写的：

谁怜万岁轻杨素，岂料一诗哀世恩。

教子传家应肃法，宁将绝句骂儿孙。

这首诗头一句里的“万岁”，写的不是皇帝爷万岁万万岁，而是隋文帝时代的史万岁。史万岁有军功，素为杨素所嫉，遂屡谮于帝前。某日帝召万岁而不至，杨素又一向知道这皇帝很忌惮太子，便故意说史万岁去见太子了，于是隋文帝终于杖杀史万岁于廷，再罗织其罪状，诏告天下。（见《隋书·卷五十三》《资治通鉴·卷十七》）

用这个典故，意思就是点明沈北山被杖杀之非法。可是沈荩之死，为什么跟百多年以前的潘世恩有关呢？这写诗的安徽某公绕了个弯儿，指责潘世恩没有把传家之教规范好——所要指责的，当然还是潘祖荫没有风骨、没有担当。写诗的人一定知悉潘祖荫没有儿女，于是用“绝句”来羞辱潘祖荫：既然没有足以为法的家教，就干脆绝子绝孙罢！

图书在版编目（CIP）数据

一叶秋 / 张大春著. -- 北京：九州出版社，2018.4
ISBN 978-7-5108-7016-3

Ⅰ. ①一… Ⅱ. ①张… Ⅲ. ①短篇小说－小说集－中国－当代 Ⅳ. ① I247.7

中国版本图书馆 CIP 数据核字（2018）第 091933 号

本著作物经北京阅享国际文化传媒有限公司代理，由张大春授权在中国大陆独家出版、发行中文简体版。

一叶秋

作　　者　张大春　著
出版发行　九州出版社
地　　址　北京市西城区阜外大街甲 35 号（100037）
发行电话　（010）68992190/3/5/6
网　　址　www.jiuzhoupress.com
电子信箱　jiuzhou@jiuzhoupress.com
印　　刷　三河市中晟雅豪印务有限公司
开　　本　700 毫米 ×970 毫米　32 开
印　　张　8.5
字　　数　150 千字
版　　次　2018 年 7 月第 1 版
印　　次　2018 年 7 月第 1 次印刷
书　　号　ISBN 978-7-5108-7016-3
定　　价　48.00 元